Heiko Gauert kam 1949 in Eckernförde zur Welt und lebt heute mit seiner Frau in Damp. Bis 2014 war er Leiter einer Gemeinschaftsschule in Hohenlockstedt, als Journalist hat Gauert für Zeitungen, Zeitschriften und den NDR gearbeitet. Dabei ist das Plattdeutsche stets sein Schwerpunkt. So ergab sich auch die Tätigkeit als Sprachpolitiker, u. a. im Bundesrat für Niederdeutsch, im Beirat für Niederdeutsch beim Schleswig-Holsteinischen Landtag oder im Schleswig-Holsteinischen Heimatbund. Damit sieht sich Gauert als Teil des „plattdeutschen Netzwerks", dem er ganz wesentlich die „Renaissance der plattdeutschen Sprache" zuschreibt. Aus seiner Feder stammen zahlreiche Texte in verschiedenen Anthologien und ein kleines Buch über „Die Geschichte der plattdeutschen Sprache".

Heiko Gauert

Nich ümmer liekut

Quickborn-Verlag

Wir danken der Fehrs-Gilde,
Verein für niederdeutsche Sprachpflege, Literatur und Sprachpolitik e.V.,
die dieses Buch ihren Mitgliedern als Jahresgabe 2020 widmet,
für die Förderung des Drucks.

Alle Rechte, insbesondere der Vervielfältigung, der Übersetzung,
der Dramatisierung, der Rundfunkübertragung, der Tonträgeraufnahme,
der Verfilmung, des Fernsehens und des Vortrages,
auch auszugsweise, vorbehalten.

Die plattdeutsche Schreibweise des Autors
richtet sich nach den Regeln des neuen SASS.

ISBN 978-3-87651-474-1

© Copyright 2020 by Quickborn-Verlag, Hamburg
Umschlagfoto und Umschlaggestaltung: Günter Pump, Nordhastedt
Gesamtherstellung: CPI books GmbH, Leck
Der Umwelt zuliebe
auf chlorfrei gebleichtem Papier gedruckt
Printed in Germany

Inhalt

De Heven hangt vull Vigelienen
Een Drüppen Bloot 7
Keen sittsame Andrag 11
Amor an den Diek 16
Jan un Gret 20

Löppt nich ümmer allens liekut
För mi is dat nix 27
Twee Schott vörn 31
De Debütantin 36
Dösige Spill 41
Ik segg dat ok ümmer 45
Binnen is Swiegen 49
All de Frieheit vun de hele Welt 55
En Interview mit Johann Hinrich Fehrs 60

En Enn vun wat
De roden Tallen 65
De liesen Bülgen 70
De ole Dokter 75
Dat schull op en Minschen gahn 78
Na Huus kamen 81

Junge Lüüd
En warme Bries 87
So en dösige lütte Göör 93

Wo kummt dat Biike-Füer vun? 96
Veerbenig 100
Flickwark 104
Feriendaag in Eckernföör 108
Mudder-Vadder un Vadder-Söhn 112

Warrt allens anners?!
Dat Roovtüüch mutt weg 116
Ümmer allens praat hebben 119
Nich sien Land 123
Krüüz un dwars dör Eidersteed 127

Op'n Holtweg
Keen Feernbedenen 137
Standby 141
Is dat wohr? 145
Lootrecht blifft lootrecht 148
Tweireten 157

Wiehnachtsglinstern
Dor harr en Uul seten 159
De Boom 165
Wunnerwark an'n Hilligen Avend 168

De Heven hangt vull Vigelienen

Een Drüppen Bloot

He freert nich. He steiht dor baven op de Stopen vun 't Kapitol in sien smucken swarten Mantel, ahn Schal, ahn Handschoh. De rode Slips to en schiere Knütt bunnen. De heevt sik af vun dat strahlen witte Hemd. He steiht dor un freert nich. Hooch raagt he op. Stolt reckt he den Kopp na den Heven to. Den blauen Heven över Washington. De swarten Hoor kort, rahmt dat brune Gesicht in. Barack Obama, de niege Präsident vun Amerika. Barack Obama, de Hapen vun de hele Welt. So ducht mi.

Meist schaam ik mi – in den olen grönen Parka, Hannen deep in de Taschen, de bunte warme Schaal üm Kinn un Hals tüdelt. De hett Emmy för mi stricht. Ümmer, wenn de wullen Slang mit mien Hals Versteken spelen deit, föhl ik wat vun ehr, vun Emmy. Vun ehr Warmde, vun ehr Leevde, vun ehr Sorg üm mi. Mi freert. Anners as em dor baven. Dat hett wat mit Emmy to doon.

Sien Michelle steiht blangen em. Malia un Sasha ok. Sien söten Döchter. Un denn kümmt de böverste Richter, John Robert. Tweemal versnackt he sik mit den Eed. Man Barack Obama lett sik nich ut de Roh bringen. He blifft souverän, as de Blääd annerndags schrieven warrt. Un denn höllt he sien Reed. Vun dat grote Malöör mit de

Weertschop snackt he, vun den Jieper, de dorto föhrt hett, un wat veel Knööv nödig is, dor wedder ruttokamen. Sweet un Tranen, fallt mi in. „Uns Scholen sünd nich goot noog!", seggt mien niege Präsident. Wenn Emmy dat noch höört harr! Juchheit harr se. Ik höör ehr blangen mi. Ehr helle Stimm. Se bölkt röver na den Mann dor baven op de Stopen. Man he kann ehr nich hören. Ok mien Naver nich, de vör mi steiht, un mien Fründ Tommy nich, de achter mi steiht. So dicht sünd wi inkielt twüschen Millionen vun Minschen, de ehr Ogen alltohoop op dat sülvige Teel utricht' sünd. Op de junge Familie dor vörn, de nüdlichen Döchter, de stolte Fru, ehren Vadder, de en Droom wohrmaakt hüüt.
„De Tiet is dor", röppt Barack Obama, „den betern Deel vun uns Geschicht uttowählen," – he töövt en lütten Stoot, „dat Verspreken, wat Gott uns geven hett: wat elkeen gliek is, elkeen frie un en Chance verdeent, allens an Glück aftokriegen." Twee Johr is Emmy nich mehr bi mi. Wo lang hett se op so en Satz töövt? As se vun mi gung – ik kann ümmer noch nich an den Dag denken, ahn dat ik anfang to wenen – mien Naver dreiht sik üm, smuustergrient en beten, denkt seker, mi kaamt de Tranen vunwegen de Reed – as se vun mi gung, ik heel ehr Hand, as se endlich loskeem vun ehren Jammer, do weer dat letzt, wat se see: „Ik will höpen, uns Dochter hett dat in uns moje Land nich mehr so leeg as ik." Dat full ehr swoor, jüst so as dat Aten. „Pass op ehr op!", swiester se noch. Mi steiht dat vör Ohr un Oog, as weer dat güstern.
„Wi blievt de Natschoon op de Welt, de an'n mehrsten Spood un Macht hett!" De Luutspreker vibreert. Meist

jüst so as de Stimm vun den Mann dor vörn. Un wiel dat so en grote Natschoon weer, bün ik herkamen domals. Foorts na den Krieg. 17 Johr oolt. Mit veel Grappen in den Kopp. Töllers waschen, Dollars verdenen und Millionär warrn. So harr ik mi dat vörstellt. Tant Anneliese un Unkel Hans-Jürgen troken mi den Tähn heel fix. „Arbeiden musst du hier", seen se. „Mehr as annerswo. Un wenn du dat deist, denn kann villicht mal wat ut di warrn." Recht harrn se. Arbeit weer mien Leven, un dat nich so knapp. Aver Recht harrn se ok, as se dortosett harrn: „Chancen hest du hier. Wenn du dat richtig anstellst, kannst du groot rutkamen." Na ja, groot is dat nicht worrn. Man as Bumester bün ik ümmer goot över de Runnen kamen.

Ieskoolt is dat in Washington. Man meist is dat so, as lett de nie'e Präsident de Fahrenheits wat na baven klattern. De Sünn strahlt nich blots vun'n Heven. Se lücht ok in de Harten vun de Minschen. Un de se dor rin transplanteert hett, dat is de Mann dor vörn, op den sik all Sinnen vun de Millionen richten doot. „Wi weet, wat uns tosamenwörpelt Patchwork-Arf en groot Vördeel is, keen Nadeel." He singt dat meist mit sien klore Stimm. Un de sweevt över de Millionen. „Wi sünd präägt vun elkeen Spraak un Kultur, ut elkeen Eck vun de Welt." Stimmt, denk ik. Sogor ut dat plattdüütsche Land sünd de Lüüd herkamen, so as ik, un ut dat wiede Afrika, so as he ... un Emmy. As ik ehr dat eerste Mal bemött, heff ik dat gor nich markt. Ehr Huut harr so en moje Kopperfarv. Swart weer se nich. Ok de annern Teken vun ehr Vörfohren harr se meist all verloren. Se harr wat Spaansches, Sünnfarvtes, heel Lebenniges. Ik weet nich:

Hett dat överhaupt een Sekunn duert, bet ik mi in ehr verleevt harr? Dat dreep mi as en Blitz. Se see ümmer, bi ehr harr dat länger duert. Weer wussen in all de Tiet, de wi tohoop weren. Man so, dat hett se mi ümmer wedder vertellt, wat uns nix mehr uteneen kriegen kunn. Bet to uns Doot. Bet to ehren Doot.

Ünnen, in Texas, dor dreep ik ehr. Söss Weken weer ik verleevt över beide Ohren, söss Weken heff ik Dag för Dag üm ehr warvt. Un denn harr ik ehr so wiet. Denn hebbt wi uns Plünnen tohoopsmeten. Veel hebbt mi wohrschaut. „Laat dat na!", hebbt se seggt. „Se is swart. Un denn gellst du ok nix mehr." Dat holp ja nix, dat keeneen ehr dat ansehn kunn. Een Drüppen swart Bloot weer noog. So weren de Gesetten domals. Se dorv nich in den Bus mit de Witten fohren, un ik heff dat na kloor ok nich daan. Se dorv in vele Kröög nich rin. Dorv nich op de Banken för de Witten sitten. Un se dorv nich in den Spüttnapp vun de Witten rinspütten, wenn se denn överhaupt spütt harr. Jümmers hett se sik en beten lütt maakt. Un ik heff ümmer versöcht, ehr en lieken Rüch antosnacken. Se harr dat doch nich nödig. Se weer so en feine Minsch.

Ok mien Öllern weren nix Grotes west dröven an de Küst. Busfohrer weer mien Vadder. Man dat weer in Amerika keen Hinnern. In't Gegendeel: För een, de sik vun heel nerrn na baven wrangeln dee, vör den harrn se gröttsten Respekt. Man witt muss he wesen. Nich en Drüppen swart Bloot dorv he hebben. Mien Emmy harr keen Chance. Liekers se veel plietscher weer as ik. Mien lütt Schoolmestersche. Wat kunn se goot mit Kinner ümgahn! Schoolmestersche mit Liev un Seel. För all

Kinner, witt, geel, bruun, swart, root. Wat hett uns Sarah dorvun profiteert! Se harr de hele Welt to Fründ. Bunt, dat weren ehr Mackers, un dat kreeg en heel nie'e Bedüden.

Vun Frieheit un Övertügen snack nu Barack Obama. Dat weer de Grundlaag vun de amerikaansch Natschoon, un wegen dat kunn „en Mann, den sien Vadder vör weniger as 60 Johren in en Kroog nich mal bedeent worrn weer, nu hier stahn un düssen hilligen Eed afleggen." Emmy strakelt mi liesen över de Hoor, glücklich is se nu, se strahlt, se smuustert, gluckst mit ehr helle Stimm as en Küken, ik spöör ehren Aten in mien Nack. Heel zoort un warm. Ik dreih mi üm... Tommy luert mi an, wunnerwarkt en beten över mien fuchtige Ogen, grient denn un kloppt mi sacht op de Schuller.

Keen sittsame Andrag

As se dat Daschendook vörsichtig wedder wegnehm, weer dat an de een Steed root wurrn. So dull harr se sik op de Ünnerlipp beten, wat de nu blödig weer. Dat passeer ehr ümmer, wenn se sik nich mehr to helpen wuss. Weer aver ok en Saak, mit de en normale junge Fru glatt överfeddert is! Schull se op den Andrag vun Dr. Stütz ingahn? Denn weren miteens ehr Sorgen wegpuust' – villicht. Weetst ja ok nich, wat de Keerl bi de Stang blieven deit. Huch, wat för'n Woortspeel! Inga mark, wat se root worr bet an de Ohren ran.

Man wat bleev ehr denn noch anners?

„Se sünd doch en opstreven junge Fru", harr he fichelt.

„Se wüllt doch noch mehr vun't Leven hebben." Un denn weer he rutrückt mit sien unmoraalsche Ansinnen: „Se köönt doch wiss noch en beten money bruken", harr he ehr toswiestert, meist as en Ganoov för den anneren, un: „Ik heff dor wat för Se. So licht hebbt Se noch nienich ehr Penunzen verdeent."
Weer doch kloor, wat he wull. De Keerl seeg ut as den amerikaanschen Präsidenten Clinton, domals, as he noch jung weer. Un de worr in de Blääd jümmers „womanizer" nöömt. Schörtenjäger wörrst bi uns seggen, Wiever-Anmaker. „Money" harr de Dokter seggt un „Penunzen". Ne, dat weer keen sittsame Andrag. Weer doch kloor, wat he wull, de Dr. Stütz. Sien „Liege-Stütz" op ehr maken. Dat seeg doch elkeen.
As he ehr fraagt harr hüüt Morgen, weer ehr nix infullen. Dorsetten harr se as 'n dösige Goos, harr em ut grote Ogen angluupscht – un verdorrig nochmal, do weer ehr Mimik mit ehr dörgahn. Se harr füünsch utsehn wullt, man dat Muul harr nich mitspeelt, harr em en zuckersöte Grienen röverbröcht. Do harr he noch seggt: „Na, denn bet hüüt Avend Klock söven in de Cafeteria!", un weer tofreden afruuscht.
Nu seet se dormit an. Hen- un herreten föhl se sik, weer noch jüst in de Brass op den utverschaamten Keerl, un foorts dorna meen se, wat dat ja ok en Chance wesen kunn, ruttokamen ut dat Lock, in dat se vör en half Jahr fullen weer.

Domals harr se Harry rutsmeten. Wedder mal weer he merrn to nachtslapen Tiet na Huus kamen, harr wat vun Överstünnen, Kunferenzen un Bilanzen sabbelt un dorbi na Spriet un Parfüm stunken. Do harr se ehr Stimm opdreiht – he kenn dat al – ümmer höger, ümmer schriller, wat de baven ut't Bett fallen mussen. „Rut!", harr se bölkt. Jümmers duller: „Rut!" Un: „Ik will di nich mehr sehn!" Un he harr markt, dütmal weer ehr dat eernst west. Noch in de sülvige Nacht weer he afhaut. Aver an den Avend vun den neegsten Dag mark se, wat se en sworen Fehler maakt harr. Se harr vergeten, em den Slötel aftonehmen. Nu harr he ehr de hele Wahnung utrüümt.

De Afkaat, den se foorts opsöch, harr blots mit den griesen Kopp schüddelt un wat vun „Düer, nich so eenfach, duert, duert, duert" in sien fusseligen Boort rinnuschelt. Do harr se ehr Schicksal wedder in de egen Füüst nahmen. Glieks güntsiets vun den Afkaat weer ehr Bank. Dor strahlen se över dat hele Gesicht, as se vun ehr trurige Schicksal hören, kumpelmenteren ehr op en Fouteuil bi den Baas un denn harr se blots noch to ünnerschrieven, dreemal op elkeen Siet. Un as se wedder rutkeem, föhl se sik licht un üm en poor teihndusend Mark rieker. Blangenbi weer dat Koophuus. Dor geev dat allens, wat dat Hart un ehr leddige Wahnung so nödig bruken deen.

En Veerdeljohr later maak Fiete Wittmann pleite. Ümmer harr se em seggt, de Tieden weren so, wat he opletzt mal vun sien düre Speeltüüch afstahn muss un toeerst an de Firma denken schull. Mit en groten Wisch vun sien rechten Arm harr he dat elkeen mal bisietdaan un ehr vun wiet baven ankeken, ehr, sien Chefsekretärin, sünner de de Laden al lang nich mehr lopen harr. Un nu weer he pleite gahn. As he ehr de Künnigen in de Hand drücken dee, weren sien Ogen düchdig lütt worrn un root anlopen un keken miteens vun heel nerrn na ehr hooch.

Mit veel Möög harr se de Steed in de Reha-Klinik kregen. Datenerfassung nömen se dat överkoppsch. Un wat weer dat? Den helen Dag vun morgens bet avends Tallen vun de Patschenten in den Computer intippen. Man wat dat Leegste weer, dat geev man blots noch knapp dat halve Geld vun dat, wat se fröher bi Fiete kregen harr. Un dat lang jüst dorto un geven nich foorts den Löpel af. Man all de Kredite – wo schull se nu dorvun loskamen? Se kunn dat Möbelmang doch nich wedder torüchbringen oder de Musikanlaag, de Inbuköök, de Waschmaschien.

Denn harr se versöcht, blangenbi Geld to verdenen. Eerst harr se nerrn in de Bar avends kellnert. Harr gode Geld bröcht. Un de Snacks vun de Mannslüüd harrn ehr nix utmaakt. Man eenmal harr ehr een vun de vullsapen Swienjackens an de Bost grepen. Do harr se dat lütte Tablett mit de Beerglöös op den Disch sett un den Keerl twüschen de Been langt, wat de luut opschreeg, mit so'n schrille, spitze Stimm, un root worr in't Gesicht. Knapp harr se wedder loslaten, do harr se markt, wat een ehr in de Luft stemmen dee. Vun achtern rüük se den sprietstinken Aten vun ehren Baas. Vörsichtig droog he ehr na buten vör de Döör. Blangen dat Finster weer so'n grote Papeerkorf an de Wand, dor sett he ehr rin.

Denn harr se anfungen, Wull to spinnen un sünnavends op den Wekenmarkt to verkopen. „Kiek mal, de spinnt!", harr en Fru to ehren Mann seggt. Un twee Minuten later weer de Gendarm vörbislendert: „Na, en niege Spinnerin?", harr he smuustergrient. Tweeuntwintigmal harr se sik dat anhöört un as denn en lütte Jung direktemang vör ehr stahn bleev un sien Mudder fraag: „Spinnt die?", do harr se de Spinnel mit all de Wull wegreten, harr den verbaasten Bengel de hele Maschien in de Füüst drückt un seggt: „Kiek mal, dor nerrn, wo dat Pedaal is, dor kannst du Gas geven, un an dat Rad hier baven, dor musst du ümmer fix an dreihen. Denn is dat dien Rennwaag. Dor kannst du bet na Afrika mit fohren."

De neegste Idee weer de Malerie. Vun den letzten Kurs bi de Volkshochschool kraam se den Ölmalkassen wedder rut un pinsel, wat de Lienwand holen dee. Bi den Wiehnachtsmarkt harr se ehr eerste Utstellen. Dor keem een, de harr Ahnung vun Kunst. He snack vun „Weite des Lichts, sperrige Komposition" un vun „Tanz der Farben zur Dominanz des Blau". Un denn fraag he ehr, wat se dat nich verdwars opstellt harr, dat feine Bild, wovör se meist twee Stünnen bruukt harr, dat op Lienwand to pinseln. As he ut dat Bild rutkieken dee, keem he ehr nich mehr so negenmalklook vör. He keek wat verbiestert twüschen den Rahmen dör, de em över de Schuller hung, un dör de Lienwand dör, de nu jüst dor en grote Lock harr, wo se em dat över'n Dööz haut harr.

Un nu düsse Andrag vun den Liege-Stütz-Maker. Lichter kannst doch gor nich to Geld kamen! Man schall se sik so wiet rünnerwagen? Ach wat, de Keerl is schier, süht nich allto leeg ut – un ik segg di, de hett Geld! Wenn de nich, wokeen denn?

Avends harr se sik fein rutkleit. Dat Dekolltee düchtig wat deper as sunst, de Rock düchtig wat körter, de Farv düchtig wat kraller, de Hoor piel op. He seet güntsiet an den Disch, keek ehr deep in de Ogen. Meist wull se doch noch weglopen. Aver de Papeerkorf blangen dat Finster full ehr wedder in, de Fohrt mit Spinnrad na Afrika un en Keerl as lebennige Kunstwark.

„Weet Se," fung he an, „ik heff in de verleden Daag ümmer bewunnert, wo gau un wo seker Se mit den Computer ümgahn köönt." Wat en dösige Oort, ehr antomaken. Clinton weer dor sachts beter, dach se. Un denn fung he wedder an und waag ehr dorbi gor nich in de Ogen to kieken: „Ik schriev al siet vele Johren plattdüütsche Böker un Theaterstücken un so, weet Se. Un dat Leegste dorbi is för mi ümmer, dat för den Verlag schier aftoschrieven. Ik kaam mit den Computer eenfach nich trecht..."

Wieder keem he nich. Op de anner Siet vun den Disch weer en Stohl ümfullen. He keek hooch. Do keem en strahlen Gesicht op em to, en knallroot sminkte un sööt spitzte Muul. Knapp kunn he begriepen, wat em passeer.

Amor an den Diek

He harr bannig to pedden an düssen Morgen. De Storm huul em stief in't Gesicht, meist liek vun vörn. Un wiet achtern över de See, dor trook dat al wedder pickdüüster op. Blots noch de Fraag: Weer dat nu Snee oder Regen? Man dat weer ok schietenerlei, tominnst wörr dat wedder bedüden, dat Regentüüch rutkriegen, wat ümmer nerrn in de Posttasch op sien groten Optritt tööv. Un denn muss de Tasch wedder goot tomaakt warrn, wat de Breven dor binnen nich wegswummen. Al nu düch em, wat sik de Blääd op't leefst sülvststännig maken wörrn. Dat fladder un knister achter em op den Pack-Dreger as en Eekboom in'n Harvstwind.

Düt Stück twüschen Klaus-Groth- un Theodor-Storm-Straat arger em jeedeen Morgen heel sünnerlich. Beide Straten weren nich verbunnen, nich mal en lütten Stieg geev dat dortwüschen. Dag för Dag muss he dat Stück an den Diek langsfohren, meist twee Kilometer wiet, un kamen so vun de een in de annere Straat. Un dat weer jüst bi stieven Noordwest as hüüt wiss un wohrhaftig keen Vergnögen.

Man gruveln kunn een heel goot op düssen Weg, över dat, wat noch utstünn, dat, wat he beleevt harr, dat, wat he noch vörharr. Un denn full em de Postkoort vun de Fru wedder in. ‚An den Zusteller vom Utholmer Platz' harr doropstahn. Dat weer he. Keem nich jüst faken vör, wat he morgens in de Poststeed al Breven för sik sülvst in de Füüst kreeg. Un wenn, denn weren dat meist Rekens un sunst wat för'n Schiet. Un nu düsse Koort för em. Muss för em wesen, harr Hannes seggt. Denn de harr de Tour al lang nich mehr fohrt. Un as Olaf wat dösig ut de Plünnen keek – villicht wull sik ja een besweren – do harr Hannes seggt: „Lees doch eerstmal. Is wat Nüüdliches!"

Nüüdlich – na ja, dat denn ja woll ok nich. De Fru, se harr mit Lisa Marker ünnerschreven, wull eenfach, wat he en Keerl finnen schull, den se vör en poor Daag an den Strand bemött weer. Un denn harr se versöcht, em in't Dörp utfinnig to maken, wat ehr aver nich glückt weer. Un nu bi't Huus, wiet weg vun Diek un See, muss se ümmerto an den Keerl denken. ‚Ich kann ihn nicht vergessen', schreev se. ‚Sie müssen mir bitte, bitte helfen.' De Sünn, de Wind, dat Solt in sien Hoor – allens dat wörr se Dag för Dag bi't Huus vör sik sehn, hören, föhlen un op de Tung hebben. Meist kunn Olaf wat afgünstig warrn.

Anners weer dat na kloor en moje Geföhl un wesen as Amor mit den Piel ünnerwegens. Man woans schull he dat maken? ‚Utholmer Platz' harr se schreven. Dor muss de Keerl wahnen. Bi't Huus weer ehr dat wedder infullen, wat he jichtens sowat seggt harr. Un sowat bi 35 Johr oolt schull he wesen. Man dor geev dat ölven Hüüs un in twee dorvun wahnen ok noch mehr Lüüd, veer Parteien in dat een, söss in dat anner. Man egens kemen blots de beiden in Fraag. Dor geev dat al männich en Naam, mit den he keen Gesicht verbinnen kunn. In de annern Hüüs, dor wahnen al siet veel Johren Lüüd in, de he kennen dee.

Man he kunn doch nu nich överall pingeln un, tominnst wenn dat en Keerl weer, de opmaak, heel dösig fragen, wat de sik jüst vör en poor Daag frisch in en Fru ut de Stadt verkeken harr! De wörrn em rutsmieten oder glöven, wat he en poor Rööd afharr. Ne, dor müss mit Bedacht rangahn warrn. De Detektiv worr waken in em.

As he ut de Theodor-Storm-Straat rutböög, leeg de Utholmer Platz vör em, op de een Siet söven enkelte Hüüs, op de anner twee un, glieks vörnweg, de beiden Blocks. Toeerst de mit de veer Breefkassens. ‚Uta un Willi Meyer' stunn dor. Keem nich in Fraag. Wi wüllt doch nich glöven, wat Willi sien Uta bedregen will, smuustergrien Olaf in sik rin. ‚Ingelore Smied', ‚Familie

Wittkopp', ‚Franz Sick un Vera Witzkow'. Ne, dorvun kunn dat egens keeneen wesen.

Olaf swung sik op't Fohrrad un pedd wieder de Straat daal, nu mit den Wind in'n Rüch. Den Padd langs, na dat Huus to, de lütt Bianca achter ehr Poppenwaag reep „Moin!", as he keem, meist jüst so as an elkeen Morgen. Söss Breefkassens dükern vör em op, ok as jeedeen Morgen. Man dütmal weer dat nich blots Routine. Egens wuss he al butenkopps, wat för Naams op de Schiller stunnen, as he se vör sik seeg. Baven links in de Eck: ‚Hermann Feiler' stunn dor. Dat muss he wesen. Miteens weer Olaf sik so seker, as wenn dor op dat Schild blangenbi stahn harr: ‚Ich liebe Lisa!' Amor trook den Piel rut un pingel. Noch mal. Nix röhr sik. Keen Brummen, wat de Döör apen maken dee. Nix. Olaf pingel blangenbi. Fru Martens stook baven den Kopp ut't Finster. „Wat gifft?", fraag se un Olaf: „Is Herr Feiler gor nich dor?"

„Ne," anter de Fru, „de kümmt ümmer eerst avends laat na Huus. He fohrt över Land, weet Se." Un nieschierig sett se noch dorto: „Kann ik wat hölpen? Schall ik em wat geven?"

Olaf schüttkopp. „Ne, danke", see he. „Is al goot."

Un denn harr he slichtweg de Idee, de em redden würr. He kreeg sien Mitdelens-Block rut, maak vörn en groten dütlichen Streek över dat hele Blatt, schreev dor ‚bitte wenden!' rop un op de anner Siet: ‚Bitte, rufen Sie Lisa Marker an!" Dorünner de Nummer, de ok noch op de Koort stahn harr. Wat schull scheefgahn? Villicht weer Hermann nich de Keerl. Denn wörr he sik wunnern. Villicht wörr he liekers anropen, un se wörr mit em ok tofreden wesen. Man villicht weer he ok de Richtige, un denn … na ja, een warrt sehn.

Twee Weken later keem Peter vun den Sorteerdisch röver na em an sien Platz un smuustergrien över't hele Gesicht. He lang Olaf wedder en Koort röver. ‚An den Zusteller vom Utholmer Platz'. Dor weren blots rode Lippen op to sehn. En düütliche Söte op Papeer. ‚Lisa', stunn dorünner. Olaf leep en weke Schuer den Rüüch lang daal.

Jan un Gret

Gau schoot dat Water as en siede lütte Beek över den Hitzsand in den Priel rin un dat weer ieskoolt as ümmer merrn in'n Märzmaand. Man Gret mark dütmal ehr nakelte Fööt nich mehr, ok wenn se eerst jüst vör en poor Minuten de olen Ledderschoh uttrocken un Opstellen nahmen harr, dor, neem se nu al siet veel Johren Dag för Dag mit de Gliep stahn harr, Porren to fangen. Knapp kunn se dat sülvst glöven: ehr Fööt föhlen sik hitt an. Meist so as ehr Hart, wat jümmers en Stück gauer hüpp, wenn se em ankeek, as he dor blangen ehr stunn mit sien warme griese Wullkapp op de glatten Hoor, de ümmer noch düüster-bruun weren as domals vör dörtig Johren. Sien Fööt weren mit de Büx tosamen in hoge Steveln stoppt, de he kregen harr, as he bi't Besticken an de Dünen utholpen harr. De Stülper weren wiet ümkrempelt un leten knapp de Kneen frie. Över den düüsterblauen Kittel ut Linnenstoff hung de Büdel över sien starken Lief na den Rüch daal, un dor keken al twee Bütt rut, de he mit sien Prigg opspießt harr.

Gret kunn nich anners, se keek al wedder na em torüch, un ehr stunnen de fienen Hoor op de Huut tobargs. Dat pier meist en beten ünner dat wullen Hemd, aver se föhl dat warm, se ahn den scharpen Rüch vun sien Nees in't smalle Gesicht, inrahmt vun en vullen Boort, de an de Sieden al wat gries worr. Un se föhl wedder sien starken Arms, mit de he ehr vörhen ümfungen harr, as se sik vörn an den Diek bemött un to'n eersten Mal tosamen na buten an de Hitze lopen weren. Dor geev dat Water se af un an en beten wat af vun sien Riekdom, wat se nich versmachten mussen.

Jans Ogen gleden vun de Prigg weg över den wieden Sand. En lütte Swarm Bütt keem meist heel nau op em tospaddelt un versöch, in dat gau oplopen Water ut den Priel aftohauen, na dat frie Water to. Un nu tööv dor boomstill de Keerl mit de Prigg in sien Füüst, un negen scharpe Tacken bohren sik in de weken Liever vun de platten Waterdeertens, de ümmer noch so keken, as wenn se üm de Eck plieren wullen.

Blots en lütten Momang stütt sik Jan op den langen Stööl ut Hasselholt, de Fisch nerrn spaddel üm sien lütt Leven. De Keerl bruuk sik nich ümtowennen. He seeg ehr heel nipp un nau vör sik, de dor blangen em stünn, mit dat Gesicht na de See to, de swore Gliep vör sik, in de nich blots Porren hangen bleven, ok noch Mussels un Steen, de dat Nett noch sworer maken, as dat dör Water un Sand al weer. Se weer rank as vör dörtig Johren, ehr seet nix in'n Weg, ok nich an de Waden, de vörkemen ünner dat eenfache Kleed, wat fröher mal root west weer. Över den Buuk harr se dat mit en Tau tosamentrucken, wat ehr de Wind dat nich jümmers üm den Lief schüddeln kunn. Ut den glieken Grund weren de wittblonnen Hoor achtern to en Knütt tosamenstaken. Jan wuss ok, wat se, liekers dat koolt weer as jümmers in'n März, de fief Knööp baven an ehr Kleed apenlaten harr. Se kunn dat nich af, wenn dat drang weer an ehren Hals. Un en lütt Stoot schoot em dör den Kopp, se kunn dat för em maakt hebben, un he kreeg sik faat dorbi, wat sien Ogen mit en gaue Blick över den fienen Streek vun ehren Lief lepen, de lang nich so streng un knakig weer as bi männicheen anner Fru, de dat halve Johrhunnert al meist vull un nienich veel to bieten hatt harr.

Wiet över dörtig Johren weer dat al her, wat se sik to'n eersten Mal so bemött weren, wat se sik harrn anluern musst. Februor 1868 weer dat west. Do weer he to Oostern ut de School kamen, jüst as he 14 Johr oolt worrn weer. Siet veer Johren weren se domals al nich mehr däänsch west. De Preuß weer kamen un harr sik to den nie'en Herrn opswungen. Ok op Eiderstedt, neem du nu man knapp noch mal een Drikkepenge kreegst, wenn du de Herrschaften ehren Kuffer över de Straat slepen deest. De Preuß knicker mit dat Drinkgeld. Domals weer en warme Winter west, un faken kemen de Jungs ut Süüderhööft sünndags Vörmiddag to laat in de Kark vun St. Peter, neem de Paster op sien Kunfermanden luer. Egens harrn se dat gor nich wullt, man mal weren se eenfach to laat in de Gangen kamen, un en annermal harrn se wat op den Weg funnen, wo sik de Tiet veel beter mit tobringen leet as mit dat Singen un Opseggen. As se toeerst noch waagt harrn, to laat de Karkendöör op-todrücken un sik merrn in de Andacht op ehren Platz to sliekern, harrn se düütlich vun vörn de Blicke to spören kregen, de de Herr in Swart se vun de Kanzel daal tosmeet. As dat denn to'n drütten Mal passeert weer, harrn se noch mehr butenkopps lehren musst as sunst al, un de Paster weer ok nich bang west, de Bengels sien Unmoot mit strenge Hannen föhlen to laten.

Bi so en Gelegenheit is dat, as he ehr dat eerste Mal in de Ogen kickt. Heel ut de Puust weren he un sien Mackers de Karkenwurt hochwetzt, de Klock harr se al lang mit ehr Pingeln ranropen, de swore Döör steiht noch apen. Dor hakelt he mit een Foot achter so'n dösige Wuddel fast, de vun de Siet över den Weg wussen is. Sien Lüüd stuuvt an em vörbi in de Kark rin, un he fallt op de Snuut, rin in den Schiet, de noch vun de letzte Snee den Weg opweekt. As he sik wedder oprappelt, kickt he sien Büx daal. De süht ut, as keem he jüst ut den Swienstall. He kloppt, wat dat Tüüch höllt, wischt un ruffelt. Un denn will he gau rinspringen in de Kark, de füünschen Blicke vun den Paster al inwennig vör Ogen. Do löppt se an em vörbi. Blangen ehr Öllern, de langen, blonnen Hoor to Töpp fluchten, ünner den Mantel, de veel to groot un sachts vun ehr Süster is, kickt en rosarode Kleed vör. Se is knapp so oolt as he. He geiht een Schritt torüch, markt al wedder de dösige Wuddel ünnen an't Been un lett ehr vörbi. Un denn kummt em dat vör, as keek se em dankbor an, ut deepblaue Ogen rut. He kennt ehr nich, hett ehr noch nienich sehn vördem. As Ordinger gaht se in ehr egen Dörp to Kark. Man domals harrn se mit St. Peter tohoop blots noch een Karkenmann, un denn kunnen se ok dor to Kunfermatschoons-Gottsdeenst gahn, so as düssen Sünndag, as he ehr un se em süht. He will wat seggen, man he weet nich wat. Musenstill blifft he stahn un luert ehr na.

In de eerste Tiet dorna harr he ehr nich wedder vergeten kunnt, ok wenn se wietaf in Ording wahn, in dat lütt Huus foorts achter den Diek. Männichmal, wenn he as Holler in'n Sommer in't Böhler Över an en Prielkant seet un optopassen harr, wat de Köh nich vun't Water weghaalt worrn, harr he an ehr denken musst. Un denn harr he sik vörnahmen, jichtenswenn mal na Ording to lopen, ehr to söken, un denn dat Woort to seggen, wat em domals in'n Hals steken bleven weer. Man Johr för Johr harr he dat wedder trechtkregen, dat ringste Bott aftogeven, wenn de Buern in't Fröhjohr ehr Hollerjungs verdingen deen. Un so harr he keenmal in'n Sommer Tiet hatt, dat wohrtomaken. Oder harr he eenfach keen Moot hatt? As he in later Johren in Ording an de Dünen bi't Besticken utholp, do weer he ehr neeg west, aver ok denn harr de Arbeit, de Tiet nich tolaten, wat dor mehr bi rutkeem as en Blick över de Fenn na den Diek to, neem se nu al mit ehren Mann tohoop wahn. Dor harr he ehr af un an sehn, vun wieden meist. Un dat harr em ok langt. Blots eenmal noch harr he ehr ut de Neegde ankieken kunnt, as se in't Dörp bi den Koopmann rutkamen weer un he op de anner Wegsiet mit Hanne tosamenstahn harr. Kort harrn sik ehr Ogen bemött. Un ümmer in de Johren dorna meen he, dat weer en Stoot länger west as sik dat schickt harr. Aver liekers harr he dat nich waagt hatt, rövertolopen un ehr antosnacken. Musenstill weer he bleven, as domals vör de Kark.

Laterhen harr he as Daglöhner bi en Buern in Süüderhööft anfungen, un dat Bild vun ehr weer in en Nevel ut anner ole Saken undüütlich worrn. Ehr Ogen kunn he nienich vergeten, aver dat Rundümto weer mal lütt un mal groot, mal breet un mal small. Al vör teihn Johren harr se ehren Mann na'n Karkhoff bröcht un dor begraavt, wo ehren lütten Jung al ünner de Eer leeg. De natte Küll harr se beide op't Geweten, dat swore Leven hier buten an de See, de al veel an de Siet maakt harr.

Un denn keem verleden Sünndag. Do weer he op de Idee kamen, eenmal nich in St. Peter to Kark to gahn. Jichtenswat harr em seggt, he schull sik blots an düssen eenen Dag op den Padd maken, över Land, dör de Dünen na de lütte Kark vun Ording to. De Sünn strahl al morgens fröh vun en blauen Heven, de Luft weer kloor un koolt. Jan harr sik dat ok laterhen nienich verkloren kunnt, wat he sik al, knapp, wat he dat eerste Been ut de Feddern kregen harr, so licht föhlt harr. Dat heel an, as he op den lütten Karktoorn tostüer.

Un denn steiht se dor miteens: Gret mit ehr blonden Hoor, de al wat witt worrn sünd. Un ehr blauen Ogen kiekt em direktemang an. Op de Steed blifft he stahn, knapp twee Meter vun ehr weg.

Un denn seggt se „Moin, Jan!" to em. Mehr nich.

Woneem weet se sien Naam? Wedder krüppt em de Pogg in den Hals, de em jümmers de Wöör verslagen hett, he spöört en Wuddel achter an't Been, dor, neem gor keen is.

Man se kickt em an, un denn kümmt he wedder to Sinn: „Moin, Gret!", antert he, heel liesen, aver se hett dat höört.

To'n eersten Mal in ehr beide Leven hett se höört, worop se meist veertig Johr vun em hett töven musst. De twee Meter smölt tosamen op en poor Zentimeter.

Un denn harr he sik an'n neegsten Dag op den Weg maakt, na Ording to. Vun nu an wullen se tosamen op

Fang gahn, he mit de Prigg, de he sik sülvst smeed harr, un Gret, de Porrenfru mit de Gliep, wat de Hotelgäst in de Dünen elkeen Avend ehr Porren kregen, de se vörher in Soltwater afkaakt un puult harr. Vun nu an wullen se tosamen rutgahn op den Hitzsand, ok wenn se sik nich jümmers sehn un föhlen kunnen bi de Arbeit, man se wussen, wat se nich mehr alleen un de Tieden nich mehr so leeg weren as noch en poor Daag vörher.

Löppt nich ümmer allens liekut

För mi is dat nix

Jan harr em güstern fraagt, wat he nich ok Lust harr un maken mit bi de aktive Füerwehr. Tiet noog harr he doch nu, siet he bi de Spoorkass in't Dörp anfungen harr. Dor muss he doch nich so wiet fohren, üm na sien Arbeitssteed to kamen. Se harrn in de Gaststuuv seten, an de Theek, un sik över Gott un de Welt ünnerholen. Un denn weren se op dat Dörp to snacken kamen. Wat dat ja nich leven kann, wenn de Bewahners sik nich mehr engageren wüllt. Wenn keeneen mehr wat för den annern doon will. He harr Jan Recht geven musst. Man liekers, harr he denn seggt, gung de Tiet doch annerswo hen. De mehrsten Lüüd wörrn in't Dörp man blots noch slapen. Arbeiden un ehr Frietiet tobringen, dat wörrn se meisttiets in de Stadt, so as he ja ok noch bet vör korte Tiet. Do weer al lang nix mehr an to ännern.
Jan harr em towedder snackt.
Bet nu harr he ümmer en Utreed hatt. De Steed in de Stadt harr dat eenfach nich tolaten. Faken weer he eerst laat avends na Huus kamen. Dor kunn keeneen mehr vun em feddern, dat he noch groot aktiv wesen schull. Man nu?
„Ne," seggt he sinnig, „dat is nix för mi." Un dorbi waagt he man knapp un kieken Jan in de Ogen.

„Woso dat?", will de denn ok foorts weten. „Ik kenn keeneen, för den dat nix is. Villicht för een, de achtern un vörn nich mehr hoochkamen deit, wieldat he al lahm worrn is. Man dor wullt du doch woll noch nich tohören, oder?" He stupst em in de Siet un grient över beide Backen.

„Ne, dorüm geiht dat sachts nich." He weet nipp un nau, wat dor nix bi rutkümmt un leggen Jan de wohren Grünnen vör. De wörr he sounso nich verstahn. Dor weer he al lang tämlich alleen mit west in't Dörp. In de Stadt, ja, dor dachen se meist all so. Man hier? Keen wull dat al hören, wat he de Füerwehrlüüd för „militaristisch" holen dee, wieldat se so veel Weert op jüm ehr Uniformen leggen deen. De weer för se doch meistto wichtiger as na en Brand to kamen, so gau as dat gung. Denn worrn se doch meistto üm en halven Meter grötter, wenn se de anharrn, un sünnerlich, wenn dor düchtig Ordens an weren un Deenstgraad-Aftekens. Wat harr dat denn allens mit dat Füer to doon un mit de sünnerliche Opgaav vun de Wehr?

Al gor keen Lust harr he dorto un maken bi dat Exerzeren mit. Dor leggen se ja ümmer noch groten Weert op. Formal-Utbillen nömen se dat, jüst so as bi de Bunnswehr. Un dor weer he ok nich bi west un harr sien goden Grünnen dorför hatt. Dat dor uniformeerte Denken, schien em, harr de Minschen al noog Malöör bröcht. Un denn noch dat Supen! Dor heel he ok nix vun af. Mal een Beer, nix dorgegen! Man dat, wat de Füerwehrlüüd faken as dat egentliche Löschen beteknen deen, ne, dat weer nix för em.

„Ik mag mi nich geern so verplanen laten", seggt he nu

un in den sülvigen Momang weet he, wat dat meist dat leegste Argument is, tominnst in de Ogen vun Jan.

„Ja, dat segg ik di ja", nickköppt de denn ok un kickt em wat minnachtig an. „Dat is jüst düsse Instellen, vun de uns Dörper tweigahn doot."

Dor leeg he tominnst nich heel blangenbi mit. Jüst bi de Füerwehr. Wenn dat de nich geven dee, denn kunn een faken nich so ruhig slapen. De dachen nich blots an sik, de dachen ok an de annern. Oder doch nich? De maken dat doch ok, wieldat se Spaaß an de Fohrtügen harrn un de annern Maschiens, wieldat se so geern Suldat spelen deen, wieldat se Mackers bruken deen, wenn ok blots för't Krakelen un Supen. Weren de würklich in de Füerwehr, wieldat se anner Lüüd helpen wullen? Sachts keem dat ok dorto, man weer dat nich blots vörschaven vör all dat annere, woför he man keen Lust harr?

Meist veer Stünnen later keem em en gediegen Ruuch in de Nees. Dat kunn doch gor nich wohr wesen, dach he bi sik. Dat is ja al meistto as in en tämlich lege Dreihbook. So en Tofall jüst na den Klöönsnack mit Jan över dat Thema. Un denn keem dat al de Stiegen hooch, kroop ünner de Döör dör un weer al merrn in sien Puuch. He keem hooch, leep mit en poor gaue Stappen op de Döör to, reet ehr op. Ne, he wull ehr oprieten. Man dat gung nich, de klemm fast. He söch na en Slötel. Man dor weer keen. Wo schull dat ok, dor harr he noch nienich en Slötel in hatt. He trook un trook an de Döör, nix röhr sik. He smeet sik dorgegen, man se weer fast un bleev to. Woans kunn dat angahn? Weer se opquullen dör de Hitten? Wat för'n Tüünkraam! Dat geiht doch jüst annersrüm! Blots in't Natte…

He dreih sik wedder üm, faken mutt he nu al hoosten, so pottendicht warrt de Rook. Ünner den Döörspleet süht he dat helllichte Flackern. Un gnaastern höört he dat, as wenn dor een ümmerto frische Holt nasmieten deit op dat Füer. Dat fritt sik de Stiegen hooch, meist as en Draken, de dor hoochkrüppt. Dor kann he nich mehr daal. Dat Finster oprieten? He hett mal höört, wat dat denn eerst richtig losbrennen kann, wenn dat Suerstöff kriegen deit.

Dat Telefon. He löppt dorop to. Een, een, twee. Töven. Sövenmal bimmelt dat.

‚Ha, hett sik wat mit Nootfall-Nummer!', schimpt he bi sik un will jüst wedder opleggen.

„Stadtverwaltung," mellt sik dor een, „was kann ich für Sie tun?"

„Wat? Stadtverwalten?", bölkt he in't Telefon. „Ik wull de Füerwehr! Bi mi brennt dat."

„Ja, dor sünd Se al richtig hier. Siet de Friewillige Füerwehr ingahn is, sünd wi dorför tostännig." Un na en lütten Momang: „Woneem wahnt Se denn?"

„In Fischdörp", röppt he. „Nu seht Se doch blots to! Ik kann nich rut hier. Ik brenn af, wenn Se nich kamen doot."

„Ja, gode Mann", seggt de op dat anner Enn un blifft sinnig as ümmer. „Ik weet nich, wat ik Se dor helpen kann. Uns Nootfall-Mannschop mussen wi na Huus schicken. De Stadt kunn ehr nich mehr betahlen. Un nu sitt ik alleen hier. Man ik kann ja nich weg, ik mutt ja an den Klöönkassen sitten blieven."

Un denn is dat för en Momang heel liesen op beide Sieden. Gliekstiedig warrt dat heller ünner den Döörspleet, de Draken fritt sik al an de Döör ran, een höört em al anfaten an dat ole Holt.

„Höört Se dat? Se mööt kamen!", bölkt he noch mal in den Hörer.

„Stadtverwaltung", seggt dat dor wedder an't anner Enn.

„Wat is dat denn nu?", schriggt he un fangt al meist an to blarren. „Kümmt dor denn nu…"

„Hier ist der automatische Anrufbeantworter der Stadtverwaltung", warrt em dortwüschen snackt. „Bitte, sprechen Sie nach dem Signalton!"

„Hölp!", gröölt he un weet liekers, wat dor nix bi rutkamen deit.

Dor splittert de Döör. Dat warrt glönig hitt un hell in de Slaapstuuv. En grote Kopp krüppt dör dat Lock, ritt dat Muul op, haalt deep Luft un sluukt sodennig den letzten Suerstöff weg. Denn maakt he sik bi un blasen ut de gresigen Nüstern wedder ut.

In Sweet baadt worr he waken, fohr hooch in de Puuch un stier op de Döör. Buten schreeg en Kattuhl. De Wind streek liesen üm dat Huus. ‚Dat Eten weer to swoor güstern avend', dach he. ‚Ümmer dat sülvige, to swoor un to laat.' Denn dreih he sik op de anner Siet.

Twee Schott vörn

Schorsch kunn tofreden wesen mit sien Lüüd. De Boßelmannschop, de to sien Gesangvereen tohöör, leeg al mit twee Schott vörn. Dat weer so gau nich mehr intohalen vun de Gäst ut dat Naverdörp. De harrn hier twoorst in de verleden Johren alleen dree gollen Boßels wunnen. Man nu harr dat Blatt sik wennt. De dree Nie'en, de in düsse Saison dortokamen weren, harrn nich blots för frische Bloot sorgt, se stacheln ok de hele Mannschop an, sik veel mehr in't Tüüch to leggen, as se dat in de verleden Tiet noch daan harrn.

„Meyer," reep nu de Rullenleser, „du büst an de Reeg! Meyer mit e!" Denn dat geev ok noch een mit a. Ingo maak sik trecht, trook de dicke Jack ut, de em bet nu vör de bieten Küll an düssen Sünndagmorgen in'n Januor schuult harr. He luer na den Bahnwieser. De harr al wiet vörn Positschoon betrocken un swung nu de Fahn hooch dör de Luft. Ingo nehm de Boßel in de Fuust un dreih se dor en poor Mal in, as wull he pröven, wo swoor se weer un wo hooch he ehr smieten muss, wat de ballistsche Kurv denn so ideal weer, wat se wiet flegen dee un nich blots hooch.

Meyer! Jo, Meyer weer ok een vun de dree Nie'en. Een kunn sik gor keen rechte Bild maken vun düssen jungen Keerl, dach Schorsch bi sik. De seeg noch so bannig gröön achter de Lepels ut, so'n hoge Stimm, as wenn he noch ümmer nich ut den Stimmbrook weer, so'n fiene Huut un so lütte Fööt. Un liekers weer de Jung düchtig bi't Boßeln. He harr Knööv in de Knaken, kunn bannig wiet smieten un maak sik dorbi ok noch beter as männicheen vun de Olen. Söventeihn Johr oolt weer he. Sodennig dorv he mitsmieten bi de Mannschop, ok wenn em egens keeneen kennen dee. Man dor kunn he ja nix för, wat sien Familie eerst vör en poor Daag totrocken weer, buten in dat Huus, wat dor heel alleen in't Holt steiht. Wokeen harr dat egens pröövt, wat Ingo würklich över sössteihn weer? Na, warrt wull eener makt hebben, trööst sik Schorsch. Weer jo ok nich sien Opgaav. Dat harr Wulf to maken, de weer Spartenbaas vun de Boßlers in den Gesangvereen.

Nu keek Schorsch vun sien Standplatz en beten wieder langs, meist al baven op de Diekkroon, wo Ingo anlopen dee. He keem an de Markeren ran, neem de letzt Boßel lannt weer, dreih sik üm sien egen Ass un smeet de Kugel mit wiet utstreckten Arm na vörn, liek dorhen, wo em de Bahnwieser de Richt wiesen dee. Avers noch vördem Schorsch sik övertügen kunn, woneem de Kugel denn nu opkeem, geev dat en lude Bölken dor, neem Ingo jüst smeten harr. „Dat dörv doch woll nich wohr wesen!", höör he Wulf ropen. Un dat klung as en Mengels vun Argern, Wunnern un Överraschtwesen. „Dat gifft dat doch gor nich!", keem dat nochmal vun dröven, un Schorsch leep op de Lüüd to. He weer nieschierig wurrn. Inge stunn merrn in den Krink vun Boßlers un Vereenslüüd as en överföhrte Sünnersche. Se harr en hoochroden Kopp un keek blots noch daal op ehr Footspitzen. Se see keen Woort. Dat weer nu woll ok nich mehr nödig. Wo harr se ok so dösig wesen kunnt un dat Handdook üm de Bost nich noch dorto mit Sekerheitsnadeln fastmaken? Se weer bang west, een dorvun kunn in den falschen Momang opgahn un ehr pieksen. Un denn harr se dorna fummeln musst, un de annern weren sachts wat wies worrn. Nu weren se dat liekers. Dat Handdook weer bi dat basige Smieten achtern uteneengahn, weer daalruuscht un leeg nu ünner dat T-Shirt, jüst dor, wo de Trainingsbüx tobunnen weer, meist as en Speckring. Un doröver, ja, dor kunn een miteens sehn, wat se even keen

Keerl weer. Dor stunn se nu. De Droom vun't Boßeln bi de Mannslüüd weer utdröömt, noch vördem he anfungen harr.

Schorsch harr sik vun den eersten Schreck verhaalt, jüst so as de mehrsten, de rundüm stünnen un nu sülvst wat scheneerlich ut de Wäsche keken. „Aver Deern, wat hest du di dorbi dacht?" He gung op Inge to. Weer all verwunnerlich, nu kunn jeedeen sehn, wat se en Deern weer un keen Keerl. Dor kunnen ok de korten Hoor nix an ännern un de nich jüst smalle Nack, de een bi Fruunslüüd nich ümmer so finnen deit.

De Stimm wull alltomal heel beter to Inge passen as to Ingo.

„Ik harr keen Lust mehr bi de Fruunsmannschop", see se nu tämlich liesen un keek wieder op den Bodden, waag keeneen antokieken.

„Woso dat nich?", fraag Wulf. „De boßelt doch ok op Leisten. Dat is doch al lang keen Höhnerkraam mehr."

„Ne, dat is all wohr", muss Inge togestahn. „Man siet ik nu al dree Johr lang in de Kreisstadt traineert heff, weer ik so goot worrn, wat de annern in mien ole Fruuns-Boßel-Mannschop meist al keen Lust mehr harrn."

To'n eersten Mal keek se wedder hooch, heel vörsichtig, eenmal kort in de Runn.

„Un ik kann se ok verstahn", sett se noch liesen dorto.

Wulf schüttkopp. „Un denn hest du nu, na jem Ümtog dacht, de Gelegenheit is günstig?", fraag he ehr, ok wenn he ehr Anter al lang wuss.

„Ja", segg se denn ok.

„Man wolang harrst du dat dörholen wullt?", mell sik nu Hans-Werner, een vun de annern jungen Smieters, de aver al faken Jugendmester vun sien Vereen west weer un den jeedeen kennen dee.

„Nich alltolang. Dat weet ik woll", see Inge. Un nu waag se al wedder, de annern in de Ogen to kieken. Se mark, de wullen ehr nix. Se weren blots verbaast. Un dat dorven se jo ok. „Ik heff dacht, wenn dat denn rutkümmt, denn heff ik jem al lang wiest, wat en Lannsmestersche in't Slagballsmieten ok bi de Mannslüüd mitboßeln kann."

Nu mell sik to'n eersten Mal de Vereensbaas ut't Naverdörp. „Mien leve Deern", snack he ehr in't Geweten. „De Haken is man blots, wat dat dor Spill nu egens nich mehr gellen deit. Dat gifft nu mal keen Fruunslüüd bi't Mannsboßeln."

„Nu maak man halvlang", protesteer Schorsch do. „Wi warrt ehr – segg mal, woans heetst du denn nu würklich?", wennt he sik an de Deern.

„Inge."

„Goot, Inge. Wi warrt ehr na kloor ut de Mannschop nehmen. Un denn smiet wi even mit een Mann weniger. Is dat goot?"

„Ja, mientwegen", anter de Naverbaas un sien Lüüd nickköppen dorto.

„Un wat maakt wi nu mit di?" Wulf keek Inge an un gruvel. Un denn holp em Hans-Werner ut de Bredullje. „Ik bün ok nie hier. Egens heff ik woll keen Recht un maken en Vörslag. Aver ik waag dat liekers mal."

„Na, rut dormit", sprook Schorsch em to.

„Bi de neegste Generalversammeln – de is al in twee Weken – dor schullen wi dat hele Stück mal diskereren. Ik kunn mi vörstellen, wat dor noch annere menen doot,

so verkehrt kunnen düchtige Fruunslüüd in de Mannschop gor nich wesen. Dat wörr doch würklich mal frische Bloot in't Boßeln bringen."
Do harr he wat seggt. En Tumult brook los. Dor geev dat lude Dorförsnackers un annere, de sik blots noch an den Kopp faten dään. Schorsch un Wulf keken sik an.
„Is goot", see Schorsch. „De Diskusschoon köönt wi op de Generalversammeln angahn. Hier un nu is de verkehrte Steed. Ik wörr seggen, Inge hett mal en lütt beten för Afwesseln sorgt. Un wokeen weet, villicht kann dat ole Heimatspill sogor en nie'e Idee af. Wi schullen dat noch twee Weken lang in uns Harten dregen. Avers nu, Lüüd: Lüüch op!"
Un denn gung dat Spill wieder.

De Debütantin

Annette stunn baven op de ole Steentrepp, de vun den Parkplatz achter dat „Düütsche Huus" stracks op de Bühn föhr – un ok blots dorhen. Achter ehr stunn de klüterige ole Achterdöör sparrangelwiet apen. En poor Tokiekers wullen jüst so as se in de korte Paus na den eersten Törn frische Luft snappen bi en lütten Gang üm dat Gebüüd. Männicheen wull sachts ok blots mal kieken, wat noch allens kloor weer mit sien Auto op den düüstern Platz. Wenn se Annette dor baven stahn segen, nickköppen se ehr to, as Opmuntern un fründlich, villicht ok en beten gespannt, woans se sik in ehr eerste Rull bi den Plattdüütschen Speelkrink Fischdörp maken wörr. „Debütantin" dach se bi sik, wat för en hoochdraven Woort, un se föhl sik man so lütt in düssen Momang. An'n leevsten wörr se weglopen, wiet weg, dorhen, neem ehr keeneen sehn un hören kunn un all se tofreden laten wörrn mit düsse gresige Rull.

Werner harr ehr dat reinweg opsnackt. Se harr noch nienich doran dacht, mal bi't Theater mittomaken. Un nu harr se vör en knappe Johr Werner kennenlehrt... un leef wunnen, smuustergrien se bi den Gedanken an sien klore Ogen un den fienen Blick, mit den he ehr meisttiets ankieken dee. Ja, un do harr se even nich mehr ne seggen kunnt, as he wat vun „Nachwuchsmangel" brabbeln dee, un teemlich faken, je duller, je neger se op de Proven för ehr nie'e Stück tokamen weren. Dorbi harr Annette sik man blots dorop spitzt, ehren Werner op de Bühn weddertosehn, in alle Roh, nerrn vun den Saal ut. Un denn harr se sik högen wullt över sien kresige Stimm, sien spaßige Oort, mit de he ümmer so veel Bifall inkasseren dee.

Un nu stunn se hier alleen op de Trepp un weer so nervöös as noch nienich in ehr tweeuntwintig Johr. Se kau op de Ünnerlipp rüm un leet dat ok glieks gau wedder na, as ehr in den Kopp schoot, wat se dormit womööglich de Smink verwischen wörr, de Kirsten so örntlich opdragen harr. Wenn doch tominnst nu Werner bi ehr weer. He wuss jüst so as se, wat düsse Momang de leegste för ehr wesen muss. In den eersten Törn weer se noch nich vörkamen. Man nu, kort nadem de Vörhang wedder hoochgahn weer, do schull se ran, de Dochter vun Ooltbuer Martensen, in de sik de junge Dokter ut dat Dörp dor op de Breed, de de Welt bedüüdt, foorts verkieken deit. Un de worr speelt vun Fiete, meist twintig Johren öller as se. Man se harrn keen annern jungen Leevsmann mehr. Denn Werner muss ehr jüngere Broder spelen, de sik mit sien Vadder anleggen deit, wieldat de dat hele Geld vun'n Hoff in so en dösige Utfund rinstecken will. Nich wat se Fiete nich afkunn. He schull ehr in den drütten Törn ok noch küssen. Ne, dat maak ehr nix ut. Man dat weer doch meist so, as wenn en Unkel ehr küssen wörr un nich en fürige junge Keerl, de doch egens heel goot to ehr passt harr, tominnst in düt Stück.

Kort vördem de Vörhang na den eersten Törn fullen weer, harr Werner na dat Rullenbook nu ok noch en Malöör mit sien Motorrad hatt. Nu weren se jüst dorbi, em ümtosminken, mit Bloot, Kratzers un Verbänn. Un so stunn se alleen buten. Ok de annern weren woll al to düchtig in de Gangen, üm noch mal na ehr to kieken. Egens bruuk se sik jo ok gor keen Gedanken to maken. Bi de Proven weren se all beindruckt west vun ehr. Ok Werner un Karl-Heinz, de Speelbaas. De weer sowat vun glücklich west, wat he nu opletzt wedder en junge Deern in sien Speel inbuen kunn, een, de een ok noch geern ankieken much un de sik foorts so wunnerbor infögen dee in den lütten Trupp. Un ok Marie weer froh west. Se harr in de verleden Johren jümmers de Deernsrullen spelen musst. Un dat pass mit ehr 46 Johren denn doch meist nich mehr so goot. Tominnst lachen de Tokiekers ok al mal dor, neem dat heel un deel nich vörsehn weer.

Nu schull Annette also wedder för en beten echte Opregen sorgen. Dorbi weer se dorför egens gorkeen Typ, meen se tominnst. Man de annern, de harrn ehr löövt in een Tour. Un wat bleev ehr denn anners as mitmaken?

„Vadder, du schusst di dat man noch mal överleggen, vördem du würklich all dat schöne Geld in den dor dösigen Utfund rinstecken deist!" Mit düsse Wöör schull se ut de Kökendöör rutkamen. Un denn geev dat sachts eerstmal düchtigen Applaus. Dat weer ümmer so bi de Nie'en. De wull dat Publikum eerst mal Moot maken.
„Wat? Hest du nu ok al wat to mellen?", harr Karl-Heinz ehr dorop antofohren. He speel sülvst den olen Buern.
„Segg mal, in wat för'n Tiet leevst du överhaupt?", muss se em antern un wieder: „Hüüttodaags hebbt Fruunslüüd ok al ehren egen Kopp."
Un denn Karl-Heinz: „Ja, dat mag wull wesen, man blots nix dorin." Dat snack he so'n beten liesen in sik rin, as wenn he dat man blots to sik sülvst seggen wörr. Aver na kloor harr dat Publikum dat mitkregen un lach luut los.
Ja, un denn? Woans gung dat wieder? Verdorrig nochmal! Nu wull un wull ehr dat nich mehr infallen. Dor muss se doch wedder wat to ehr Vadder seggen. Man wat weer dat? Wo kunn dat blots angahn? An düsse Steed weer se noch nienich haken bleven. Dat fung ja goot an. Womööglich harr se den helen Rest ok nich mehr praat!
Do pingel dat to'n eersten Mal. Dat Teken, wedder achter de Bühn to gahn. Karl-Heinz keek ehr opmunternd an. Seeg he denn de Panik in ehr Ogen nich? Dat twete Pingeln. Annette föhl sik miteens, as wenn ehr Kehl tosnöört weer. Noch twee Minuten, un womööglich kunn se keen Woort mehr rutkriegen. Schull se Karl-Heinz dat seggen? En nie'e Blick dreep se, Karl-Heinz nickköpp ehr to in sien fründliche Oort. Un do seeg se achter em ok Werner. He weer meist wat wunnerlich antokieken, mit den groten Verband üm den Kopp, een

vun sien leven Ogen dorünner verstaken, dat hele Gesicht vull mit Ketschup ansmeert. De drütte Pingel. De Vörhang güng torüch, Karl-Heinz maak de Döör op, güng rut, Bifall keem vun nerrn. Un denn mark Annette, woans se miteens allens automaatsch maak. Se nehm de Klink vun de wackelige Döör in de Hand, maak de op, güng rut op de Bühn. En korte Blick rünner in't Publikum. Se kunn nix sehn, de Schiensmieters weren veel to grell. Man hören kunn se de Lüüd. Se klappen in de Hannen as dull un wullen meist gor nich opholen. Dorbi harr se noch gornix seggt. En tweten Blick wies Annette, wat Hanna in ehr Topuusterkassen seet un ehr ümsichtig ankeek.
Un denn keem Karl-Heinz op ehr to.
„Vadder, du schusst di dat man noch mal överleggen, vördem du all dat schöne Geld in den dor dösigen Utfund rinstecken deist."
Karl-Heinz keek ehr füünsch an, un liekers plinkern dorachter de fründlichen Ogen vun den Speelbaas. „Wat, hest du nu ok al wat to mellen?", fohr he ehr an.
„Segg mal, in wat för'n Tiet leevst du överhaupt?" Se stemm de Arms in de Siet, as he ehr dat wiest harr, un güng noch en lütten Stapp op em to. „Hüüttodaags hebbt Fruunslüüd ok al ehren egen Kopp", gnurr se em an. Un dat Publikum nerrn in den Saal fung al wedder an, mit de Hannen to klappen. Dor harr se gor nich mit rekent. Männicheen schien sogor to lachen. Nich över ehr, dor weer se sik miteens heel seker, ne, över de krötige lütte Dochter vun den grootsporigen Buern dor op de Bühn smuustergrienen de Lüüd.
„Ja, dat mag wull wesen, man blots nix dorin", grummel

nu Karl-Heinz un wedder lachen de Lüüd. Man nich heel so dull as jüst even, wull Annette dat schienen.

Un denn sett se wedder an: „Un wenn du so wiedermaken deist, hest du nix mehr in dien Knipp, leve Papa!" Dor weer he ja, de Satz! Se harr dor gor nich över nadenken kunnt. Weer dor gor nich to kamen. Un denn föhl se sik miteens so ruhig as al lang nich mehr. Nu fung dat an, Spaaß to maken. Werner harr doch Recht hatt, een mutt blots eenmal dordör, dör dat allereerste un leegste Lampenfever. Denn kunn een faken nich mehr dorvun laten, vun dat wunnerschöne Geföhl, de annern Lüüd nerrn in't Publikum en Spaaß to maken mit en poor Wöör un en poormal Kopp un Lief dreihen.

Dat allens harr se in Delen vun Sekunnen bi sik dacht. Un denn weer se al wedder vull konzentreert. Se leep an ehren Vadder vörbi op dat Schapp to, neem de Köömglöös stunnen.

Dösige Spill

De beiden Keerls stunnen an de Kant vun en grote Lock – meist as en Bombenkrater – merrn op de matschige Koppel, de vör vele Johren noch Reinhard tohöört harr un wo sien Köh op lopen weren un de vun sien Vadder un sien Opa. Nu schull dor de niege Klääranlaag för dat Dörp buut warrn. Fief Johr lang harr dat duert, bet se sik eenig worrn weren in den Gemeenderaat. Un jümmers noch geev dat Grummeln bi de Lüüd in't Dörp. Keen Wunner: Acht Millionen schull dat kosten, wenn dat mal fardig weer. Un nu wull de Planer noch mal tolangen.

Börgermester Westing schüttkopp. „Dat köönt wi nich maken", see he to den Keerl blangen em. „Mi glöövt jo in tokamen Tiet kien Swien mehr wat, wenn ik nu al wedder ankamen do un will noch mehr Geld hebben för dat verdorrige Kläärwark."

„Börgermester, un ik segg di, wenn wi dat nich maken doot, denn kriegt jem Malöör. Villicht noch nich in de eersten Johren, man alltolang warrt dat nich mehr duern. Dat garanteer ik di."

„Mien Gott, Heinz, segg doch sülvst! Woans schall een den Gemeenderaat un sünnerlich de Börgers verkopen, wat dat Planen vun de verleden fief Johr heel un deel nix döcht hett? Dat wi nu al wedder een Million bruken doot? Wi hebbt doch al anfungen mit den Bu. Dor kann ik nix mehr an ännern!"

„Een Million is bannig överdreven. Dat weetst du! Dor kaamt noch mal sösshunnertdusend bi rut, wenn't hooch kümmt. Keen Penn mehr!"

„Man ok keen weniger", reken de Börgermester vör un keek verdreetlich vör sik hen.

Se swegen en Momang still, luern över dat Lock weg, neem dat grote Mischbecken al in de neegsten Maanden inbetoneert warrn schull. De hele Koppel seeg ut, as harr dor en Bomb inslagen. Allens weer opwöhlt. De Klei rundüm to en Wall opschütt, de laterhen dat hele Buwark vör nieschierige Ogen schulen schull. Noch twee grote Löcker mehr weren al to sehn. Un nu schull dor womöglich noch een tokamen.

„Ji hebbt uns nich örntlich vörrekent, woveel Sommergäst ji in elkeen Johr hebbt", fung Architekt Häber wedder an. „Dor hebbt ji düchtig ünnerdreven. Un du weetst sülvst, Heinz Westing, wat nich blots du in den Gemeenderaat sik verfehrt hett, as de Amtskämmerer de niesten Tallen ut dat Vörjahr vörleggt hett. In'n Sommer verdubbelt ji sik meistto in't Dörp. Un dorför bruukt ji een Becken mehr to'n Utgliek. Dor mutt en Mööglichkeit wesen, den Schiet, de in'n Sommer mehr ankümmt, eerstmal twüschentolagern, bet dor wedder Platz noog in de Anlaag is un arbeiden dat weg."

„Ik weet, ik weet", gnurr de Börgermester in sik rin un legg de Steern in Schrumpels. „Man ik weet ok, wat du uns ümmer toraden hest, de hele Anlaag foorts wat grötter to planen. Un dat hebbt wi daan. Denn mutt dat nu doch ok mal langen!" He worr meist wat füünsch.

„Deit dat even nich." De Architekt bleev stuur. „De Kapazität, de wi al glieks mehr inplaant hebbt, de bruukt jem ok. Oder wullt du nich in tokamen Tiet en poor Börgers tohebben in Fischdörp?"

„Na kloor wüllt wi dat." De Börgermester gruvel un güng en Stück bisiet. Na en lütt Överleggen keek he den Planer wat scheef vun de Siet an. „Du segg mal", fung he wedder an, düchtig wat lieser as vörhen, meist so, as schull dor keeneen wat vun mitkriegen. „Du warrst doch dorna betahlt, wo düer uns dat hier kümmt, oder?"

De Planer schien em nich verstahn to hebben. „Dat Utglieksbecken, dat mutt her, dat segg ik di!", pulter he los. „Anners köönt wi dat allens vergeten hier."

„Du hest mien Fraag nich antert", bohr Heinz Westing na.

„Wat för en Fraag?" Häber söch sien Hölp in dove Ohren.

„Du hest mi nipp un nau verstahn!", grien de Börgermester vun een Ohr na dat annere.

„Heff ik nich!"

„Ik heff di fraagt, wat du betahlt warrst dorna, wo düer uns de hele Anlaag kamen deit."

„Dat weetst du doch jüst so goot as ik." De Architekt keek sien Gegenöver wat unseker an. Un doch bleev em nix över, as sik tru to blieven in sien Doofheit. „Wi warrt betahlt na de Geböhrenregels. Un de richt sik na den Opdragsweert."

„Süh so", mummel de Börgermester. Mehr nich. Un denn maak he noch en poor Stappen na de Siet, dorhen, neem all de Containers vun de Bulüüd stunnen, de hüüt alltohoop leddig weren, wieldat Sünndag weer un de Lüüd bi't Huus. Karl Häber keem em sinnig achterna.

„Wat schall dat heten?", gung he sien olen Schoolfründ an. „Wullt du dormit jichtenswat andüden oder wat?"

„Dammig ja, dat will ik", pulter de Börgermester nu rut. „Wenn dat wedder dürer warrt hier, denn verdeenst du ok mehr."

„Na un?" De anner dee, as harr em een op den Slips pedd. „Dorför arbeid ik ja ok mehr."

„Un ik?" De Börgermester keek em truschüllig an. „Wat is mit mi? Schall ik mi den helen Arger nu al wedder inhanneln? För nix un wedder nix? Wörrst du dat doon?"

„Ne!" De Architekt harr dorför blots düsse korte un klore Anter.

Denn kreeg he sien Taschenrekner rut, heel em gegen de Sünn, wat de sik opladen kunn, tipp dor en poor Tallen rin, överlegg en Tietlang un geev denn dat Resultat vun sien Rekenwark pries:

„Teihn Perzent dorto!" Mehr see he nich.
„Fofteihn!", reep de Börgermester, de al wedder en poor Schreed wiederlopen weer. Un in den glieken Momang fohr he sik mit de Hand över't Muul. Man dor weer keeneen. Se stunnen alleen op de wiede Wisch, merrn in dat Bombenland.
„Ümmer dat dor dösige Spill", jank de Planer.
„Twölfunhalf!", see he, un Heinz Westing nickköpp.
En knappe Stünn later seten se beide bi't Huus. Dat weer Sünndag Middag, geev wat Godes to eten, de Kinner seten vör den Feernseher. Un namiddags worr noch en moje Spazeergang maakt, dör't Dörp, villicht noch en beten dör't Holt. Dat seeg nu jüst in'n Harvst jümmers so fein bunt ut.

Ik segg dat ok jümmers

„Moin, Lisbeth, du büst dat? Kaam doch rin! Du warrst ja natt dor buten."
„Moin, Karen. Ik mutt partout mit een snacken. Mi geiht dat so leeg, ik…"
„Dor seggst du wat. Ik heff hüüt den helen Morgen een Anroop na den annern hatt. Un ik harr överhaupt keen Tiet, ik schall nödig noch op'n Wekenmarkt. Eerst hett mien Süster anropen un mi de Ohren vullquarkt vunwegen Helmut un sien blöden Ideen. Nu will he en Grundstück in Fischdörp kopen un en Wekenennhuus dorop buen. Ik heff ehr seggt: Minsch, seht doch eerstmal to, wat ji de ole Kaat enigermaten op Schick kriegen doot. Un weetst du, wat se dor to mi seggt hett?

Dor hest du doch nix an rümtokritteln! Dat seggt se to mi, mien Süster! Ik fraag Di, woso röppt se mi denn an? Wat schall denn dat Klagen över Helmut un sien dösigen Ideen? Un dat, wo ik nu wohrhaftig keen Tiet för so'n Tüünkraam heff! Also, ik segg di, mi steiht dat al wedder hier! – Och Mann, Lisbeth, du freerst ja. Oder woso beverst du för dull? Nu kaam doch eerstmal rin! Ik heff egens keen Tiet. – Man nu sett di man eerst mal daal. Magst noch gau en Tass Koffie?"

„Ne danke, Karen, mi is dat sodennig op den Maag slagen. Ik kann nix af in'n Momang."

„Du glöövst gor nich, wat ik güstern vun Magenpien harr. Ik weet nich, männichmal denk ik, dor stimmt wat nich in mien Inwenniges. Ik glööv, ik schall driest mal na'n Dokter hen. Irmtraut meent ok, dat kunn jo Kreeft wesen. Stell di dat mal vör, dat knallt se mi so an'n Kopp! Ik un Kreeft! Dorbi heff ik jümmers heel sund leevt. Also, denn schull sik Irmtraut doch mal an de egen Nees faten! So fett, as se in de verleden Johren worrn is. Dor stickt doch Frustratschoon achter, segg ik Di. Kiek Di dat doch mal an, woans se mit ehren Mann un de Kinner ümgahn deit! So'n Stück Wief – un seggt mi, ik harr Kreeft! Wat is de Klock? Dammig to, al Klock halvig ölven? Ik schall notwennig los!"

„Ik gah ok glieks wedder, Karen. Ik wull egens blots mal vörbikieken un di gau wat vertellen. Ik bruuk mal een, de mi tohören deit…"

„Dat segg ik Max ok jümmers. Höör mi doch mal to!, segg ik. Man glöövst du, em interesseert dat? He snackt un snackt enerwegens blots vun sien Kraam. Un ik mag dat al lang nich mehr hören. Langst Du mi al mal den

Büdel dor achter di röver, Lisbeth? Denn geiht dat glieks wat gauer. Jümmers sien Tüünkraam mit den Wahnwaag! Dat is dat eenzigst, wat dat geven deit för em, jümmers de sülvige Leier. Un wenn ik denn mien Ohren toklappen do, weetst du, wat he denn maakt? He wedderhaalt den sülvigen Satz so lang, bet ik antern do. Also, ik segg di, ik harr af un an gode Lust un wiesen em ut't Huus. Nu segg doch mal wat, Lisbeth! Wullt du nu en Koffie oder nich? Ik schall denn ok notwennig los."

„Ne, lever nich, man ik…"

„Du hest doch jümmers so geern Koffie drunken. Wat is? Kannst du dat nich mehr af? Hest du ok wat mit den Maag? – Nülichs hett de Dokter to mi seggt, ik harr toveel Zucker in't Bloot. Heff ik also ophöört, Koken un Schokolaad to eten. Un güstern weer ik wedder bi em un vertell em, wat ik keen Koken mehr eten heff de verleden Weken. Un weetst du, wat he do to mi seggen deit: Aber Frau Wisser, ein Stück Kuchen wird schon nicht schaden. Also, wat denn nu? – Nu vertell doch mal, Lisbeth, wat is denn los mit di? So fröh op'n Vörmiddag al ünnerwegens? Dat maakst du doch anners nich."

„Ja, Karen, dat wull ik di de hele Tiet al vertellen. Also, dat geiht eenfach nich mehr so wieder. Ik hool dat nich mehr ut…"

„Dat kann ik goot verstahn, mien leve Lisbeth. Ik kann di dat so goot naföhlen. Un wi mööt dor driest noch mal wat länger över snacken. Wenn ik wedder Tiet heff. Man de Wekenmarkt maakt Klock twölf dicht. Ik segg Max ok jümmers: Maak wieder so un ik hool dat nich mehr ut! Denn hau ik jichtenseen Dag af. Un weetst du, wat he do to mi seggt? Denn hau doch af!, seggt he. Hau doch af! Mien egen Mann seggt so wat to mi! Wat is denn mit Treue, bis dass der Tod euch scheidet? Hett he dat domals överhaupt eernst meent? Un glöövst du, he is ok blots mal een Avend bi't Huus? Un wenn doch, wat maakt he denn? Foorts, wenn he rinkümmt, knipst he de Kist an. Haut sik op't Sofa un is nich mehr mit to snacken. Wenn ik waag wat to seggen – un du weetst, ik segg nich veel! –, denn dreiht he den Toon luder. Dat kannst du doch nich utholen!"

„---"

„Lisbeth? Hest du di versluukt? Du hest so'n beten roden Kopp. Geiht di dat goot? Ik maak di nu eerstmal en Koffie. Du kannst em jo ok noch in Roh utdrinken. Ik mutt los nu. Treckst de Huusdöör eenfach achter di to. Wo weer dat noch: Nimmst du Melk oder Zucker?"

„Dat is fein, Karen. Keen Melk un keen Zucker."

„Is ok beter so, Lisbeth. Is beides nich goot för uns. In düsse Johren nimmst du doch gauer to as fröher. Un dat liggt nich doran, wat du toveel eten deist. Ne, dat liggt an den Grundümsatz. Heff ik in dat TV-Blatt leest. Oder an den Stoffwessel. De warrt jümmers leger, wenn du in de middelsten Johren kamen deist. Un denn schallst du di böös vörsehn. Ik heff verleden Week blots Water drunken. Un wat schall ik di seggen? Veerunhalv Kilo afnahmen! Allens rutswemmt ut den Lief. Ik heff al siet twee Johr de rosa Büx nich mehr ankregen, de ik mi mal vun den Lottowinnst köfft heff. Un nu passt se wedder. Tööv mal gau, ik wies se di even."

„---"

„Kiek mal, Lisbeth! --- Lisbeth? Liiiisbeth? Büst du op Klo gahn? Lisbeth? – De Huusdöör steiht jo apen?! Is se utneiht? Ik verstah dat nich, dat de Lüüd jümmers blots an sik sülvst denken doot! Klaut een de Tiet för nix un wedder nix! Ik kunn füünsch warrn doröver!"

Binnen is Swiegen

Ik föhl mi nich goot. Allens is miteens so liesen. Nienich in all de 40 Johr is mi dat so opfullen as hüüt: Ik bün alleen. Keen Sünnenstrahl kümmt na mi ran un warmt mien Hart, keen minschlich Stimm, keen Geföhl. Merrn ünner Minschen bün ik, merrn ünner Kinner, man liekers: Ik bün alleen. Keen Finster wiest mi de Welt buten, wiest mi ehren bunten Larm, ehr Rüken, ehren Smack. Nix kümmt na mi hen vun buten. Hier binnen is Swiegen, al siet 40 Johr blots Swiegen un af un an mien egen Stimm. Ik harr ümmer oppassen musst, wat mi dat nich verraden deit: snacken mit mi sülvst, smuustern mit mi sülvst, wenen mit mi sülvst. Wenn dat ener mitkregen harr, weer ik opflagen west. Denn weer dat to Enn west mit mien Toflucht. Harrn se mi bi de Büx kregen, harrn se mi insparrt. Ik harr keen Döör mehr opkregen. Anners as hier. Ik kunn se all opkriegen, wenn ik wull. Man ik wull dat nich. Blots de Dören in mien Welt, nich de na buten.
De Pien in den Rüüch warrt jümmers duller. Ik mutt hooch. Man ik heff knapp noch Knööv dorto. Düüster is dat rund üm mi to. Woto schall ik Licht anmaken? Dor is liekers nix to kieken. Ik kenn dat allens butenkopps. De Disch mit den Papeerstapel, mien Bliefeddern, mien Stohl dorvör, pulstert un mit Armlehns, de Regalen achtern an de Wand, söss Meter lang, bit baven hen

anfüllt mit all dat, wat ik in de verleden 40 Johren opschreven heff, mien Matratz op dat griese Linoleum, mien Betttüüch, de witte Kugellamp baven an de Deck mit dat Funzellicht, de Luuk na den Böhn hooch un blangen de Regalen mien Döör. Mien Döör na buten, in dat Lager vun den Kunstruum un vun dor rin in de Stormschool, un, wenn ik wull, rut in dat Leven, in de Welt. Man ik wull dat nich.

Dat Bellen kümmt neger. Is dat buten oder binnen? Ik heff dat vörhen al mal höört. Heel kort blots, aver anners as sunst. Dat weer so, as wenn dat twüschen Muern insparrt weer. Oder bill ik mi dat in? Villicht mutt ik dorhen luern, neem dat herkümmt. So as Köters dat maken doot. Se köönt de Richt ruthören. Ik schull dat versöken. Sensibel noog sünd mien Ohren dorför, traineert in 40 Johren Alleensien, ümmer op de Luuer, ümmer mit de Bang, se kunnen mi faatkriegen. Ümmer alleen, bit verleden Dingsdag. As Maike keem.

Se köönt mi hier nich faatkriegen. Man en Hund kann dat rüken, kann mi dör den millimeterdünnen Ritz rüken, de ünner mien Döör blieven mutt, wat se sik överhaupt apenmaken lett. Villicht is he buten. Man dat Bellen is insparrt twüschen Muern. Jüst so as ik. 40 Johr lang. Domals, 1976, in de Summerferien, bün ik hier introcken. In de School, de mi as Schoolmester nich hebben wull. Ik kunn keen Disziplin holen, harrn se meent. Ik harr ok mal tolangen schullt, harr Meier seggt, ok wenn wi dat al domals nich mehr dorven. He dee dat faken. Ik kunn dat nich un wull dat ok nich. Man de Jungs un Deerns danzen mi op de Nääs rüm. Dat is wohr. Dorbi wull ik ehr Kumpel wesen, nich so en Diktater vun fröher, luunsch un luut, vör den een sik verfehrt, wenn he dat Muul opritt. Vör mi schull sik keeneen verfehren. Deen se ok nich, se nehmen mi nich för vull, maken, wat se wullen, deen so, as weer ik överhaupt nich dor, lachen mi ut, kippen Waterammers över mi, wenn ik rinkeem, sloten mi in de Klass in. De Direkter muss mi wedder ruthalen domals. Un denn fung he an, mi achterna to snüffeln. Eenmal de Week bestell he mi in sien Büro. Luut dee he dat, in de Lehrerstuuv, dat se dat ok all mitkriegen kunnen.

Dor is dat wedder, dat Bellen, man nich mehr so luut, mehr so'n Jiffeln. Hüüt is Sünndag. Wat maakt en Köter an'n Sünndag in de School? Oder is dat doch buten? Ik will al mal de Böhnklapp opmaken un de Ledder anstellen. Siet güstern heff ik nix mehr eten. Ik föhl mi flau in den Maag. Keen Knööv mehr. Ik laat dat mit de Ledder. Kann ik jümmers noch, wenn dat Jiffeln doch noch neger kümmt. Kann en Hund ok na baven rüken?

Denn hett de Direkter to mi seggt, ik schull mi man en anner Profeschoon söken. Schoolmesterie, dat weer nix för mi. Un ik heff dat ok dacht. Se harrn mi tweimaakt dor. All tohoop. Veer Weken heff ik noch dörholen. Dag för Dag hett he mi denn na sik bestellt. Un de Jungs un Deerns hebbt mi as Ventil för de annern nahmen, för de, an de se nix ännern kunnen. Bi mi güng de Druck dör. Noch vör de Sommerferien bün ik nich mehr wedderkamen. Man neem schull ik hen? Mien Stuuv harr ik al künnigt, Mudder un Vadder geev dat nich. Ik weer in dat Jungsheim baven an de Föör opwussen. Keeneen wörr mi helpen, keeneen wörr mi natruern. Keeneen wörr marken, wat ik weg weer.

Un denn full mi dat Regaal wedder in, dat Regaal in den Afstellruum vun den Kunstsaal. An jichtens en Dag wull ik dor na de Buddel mit Terpentin langen un dor weer se achter rünnerfullen. Liekers dat Regaal doch drang an de Wand stünn. Vörsichtig harr ik dör dat düstere Lock achter dat Regaal grepen un dor weer Luft. An't Wekenenn harr ik mi dat denn in Roh ankeken un en lütten smallen Ruum funnen, annerthalv Meter breed, söss Meter lang. De harrn se woll al siet veel Johren vergeten. En Disch stunn dor binnen, en Stohl, veel Regalen, all leddig, Stöff un'n Barg Spinnwebb, keen Finster. Seeg ut as en ole Archiv. Harrn se na hunnert Johren woll nich mehr bruukt, en Regal vör de Döör sett un dat lütte Kabuff vergeten.

Ja, un denn bün ik dor introcken. Heff mi allens dor rinschafft, wat ik bruken dee, noch en Luuk na baven op den Böhn inbuut, för den Fall, dat se mi op de Spoor kemen. Dat weer so 'n siede Böhn, vull mit ole Rummelkraam. Mit de Tiet harr ik dat rut, twüschen de olen Stöhl un Dischen över de Sparrens wegtoklattern, liesen as en Katt, de achter en Muus ran is. Un denn kunn ik veel hören, wat sik ünner de Decken afspeel, in de Lehrerstuuv, bi den Direkter, in de Klassenrüüm. Veel dorvun weren in den eersten Stock. Dat Hele schull eerst blots för en Övergang wesen. Man denn bleev ik, bet hüüt. 40 Johren lang. Ik weer al jümmers geern to School gahn. Vör dat annere, vör de hele Welt weer ik jümmers en beten bang west. In de School harr ik tominnst wusst, woans dat langsgung. Un dor seet ik nu vun morgens bet avends un ok in de Nacht. Dat Leven in de School weer eenfach. Bi en Huus mit Platz noog vör

600 Kinner un 45 Schoolmesters un anner Lüüd full een as ik nich op. Dor weer jümmers noog för mi dor. Den Schoolslötel harr ik domals nich afgeven. In de Köök weer jümmers noog to eten un to drinken. Un wenn nich dor, denn in de lütte Lehrerköök. Wat hett mi dat faken för'n Pläseer maakt, wenn ik se schimpen höör, wat al wedder wat wegkamen weer. To lesen harr ik veel to veel. Bet hüüt heff ik dat nich schafft, de Lehrerbibliothek un dat swore Regal mit de Ganzschriften dörtokriegen. Wat ik den Dörchblick nich verleren dee, heff ik jümmers een Book bi mi beholen un op den Footbodden stapelt. Ok dat hett se männichmal wunnert, dat de Böker jümmers weniger wurrn. Un dat al mal en Scheer verswinnen dä, en Knief ut de Köök, Schriefpapier, Glöhlampen. Reinweg Opregen harr dat geven, as en Flimmerkist weg weer, later denn ok en Videorecorder, en Radio mit CD-Player. Wat hebbt se allens versöcht, den Schulligen ruttofinnen. Kunn ja blots en Schöler wesen! As denn ok noch en niege Lehrerstohl wegkeem, Betttüüch ut de Krankenstuuv, Jacken, Büxen un Strümp ut den Huusmester sien Fundbüro, do harrn se sik al doran wennt. Dat weer nu mal so in en School, bi soveel Minschen, dor kümmt nu mal dat een oder anner afhannen.

Dat Bellen warrt luder nu, kümmt neger. Un en Stimm is ok dorbi. De sünd in't Huus. Enerwegens op de Delen, villicht al in den eersten Stock. Un wenn se mi finnen doot? Ik kunn op den Böhn krupen. Man ik föhl mi to maddelig. Ik kann de Ledder nich mehr ut de Eck rutwuchten un an de Hakens hangen. Schüllt se mi doch finnen!

De hele Diskuschoon heff ik mitkregen. To'n Bispill, as ut de Grund- un Hauptschool mit Opbutog en Realschool mit Grund- un Hauptschooldeel worr. Dat weer blots en anner Naam. Veel hett dat nich ännert. Blots de Mischen worrn anners. De Kinner luder un de Schoolmesters lieser. Do worr nich jümmers blots paukt, do geev dat veel mehr Leven in de School. Ok veel, wat woll Spaaß maken dee. Af un an harr ik meistto Lust hatt, dor wedder mittomaken. Man sowat vör teihn Johren, do hett sik denn miteens allens ännert. Ik kreeg dat mit bi de stünnenlangen Diskusschonen in de Lehrerstuuv un ut all de Heften un Vörschriften vun baven, de bi den Direkter op sien Disch legen. Wat hett he sik faken argert, wenn dor al wedder Rummelie in weer – un op de Reinmakersch schimpt. Dorbi bün ik dat west. Mit Afsicht. Hett mi Spaaß maakt. De Pennschieter, de!
Denn snacken se miteens över PISA un fungen an, de hele School op den Kopp to stellen. Schull allens anners warrn – un beter as fröher. Ik heff mi dor nich in wedderfunnen.
Ja, un vör knapp een Week, an'n Dingsdag, glööv ik, weer dat, stunn Maike vör mi. Ik harr slapen, se harr mi sachten anstött. Un denn seeg ik de apen Döör. Wohrschienlich harr ik vergeten, de Riegels wedder vörtomaken. Teihn Johr weer se oolt, villicht, un harr mi mit grote Ogen ankeken. Mit en poor Sätz heff ik versöcht, ehr to vertellen, wokeen ik bün. Un heff ehr verspraken, wenn se keeneen wat seggt, wörr ik an en annern Dag mehr vertellen. Güstern weer se bi mi. Ik heff ehr allens vertellt. Se hett mi tohöört as ehren Opa, de vun fröher vertellt, un as ehr Oma, de en Määrken

vörleest. Dat weer mien schöönste Dag in all de 40 Johr. Se hett mi verspraken, nix to verraden. Man se ist teihn Johr oolt.
Nu is dat keen Bellen mehr, dat is en Snüffeln un dat kümmt ünner den smallen Ritz dör, liek ünner mien Döör.

All de Frieheit vun de hele Welt

Dat is al veel Johren ehr leevste Bank. Blangen de niege Gill-Eek, op den Steendamm, mit den Utkiek över dat Haven-Enn, mit all de bunten Bööd, de in dat Water liesen hen- un herdümpelt. Fröher seeg dat anners ut, rummeliger, Schiet swumm in dat opwöhlte Water, dat sik hier an`t Enn vun de Föör stuken dee. Nu is dat schier, fein maakt för de Touristen, man ok för uns Lüüd, för de uns Eckernföör de leevste Heimat is. Den Rullwaag harr se blangen de Bank afstellt. Deit goot, na den Weg bet hierhen mal wedder en beten to sitten. De meist 90 Johren markt een doch in de Knaken. Warm strahl de Sünn vun den Heven, de Vagels sungen en Fröhjohrsleed. Dat Snattern vun de Aanten in den Haven mengeleer sik mit de Stimmen vun de Minschen, den Wind in de Bööm un dat Brummen vun enkelte Autos to en Achtergrund, de mööd maken dee. Sinnig gungen ehr Gedanken torüch na verleden Tieden.
Dor an de Süüden Siet vun den Haven, noch en Stück achter de Holtbrüch, de fröher mal de eenzige Weg na dat Dörp Borby weer, dor achter leeg de Fischerstraat. Dor harr se den schöönsten Deel vun ehr Kindheit

tobröcht. Bi Oma un Opa in de Fischerstraat 14, dat Huus mit de lütt Trepp na de Huusdöör. Noch hüüt weet se nipp un nau, woans dat dor binnen utseeg. Op de linke Siet de beste Stuuv, mit en Möbelmang, wat ehr domals ümmer so vörkeem, as weer dat direktemang ut en Slott dorhen kamen. Swore Dischen, vörnehme Pulstersessels un en Schapp, dat all de Schätze vun de Welt in sik bargen kunn. Op de rechte Siet weer en lütte Wahnstuuv för elkeen Dag un in den Gang de Köök. Dör de Dörfohrt un över'n Hoff gung dat na achtern. Dor harr ehr Vadder laterhen sien Huus henbuut, vun dor kunn se ümmer över den Hoff ünner Dack na Oma un Opa lopen. Man vördem, dor wahnen ehr Öllern noch in dat Huus Fischerstraat 14, in dat tweete Stockwark, un noch doröver, in de Böhnstuuv ünner dat Dack, dat weer de Suldatenstuuv. De wahnen dor meisttiets, wenn Manöver weer. Un nerrn, in dat halvdüüster Souterrain, dor leven heel arme Lüüd.

Opa weer Slachter west, de Deerten harr he bi Sophienhööch stahn, slacht worr in de Rüüm achter't Huus. Blangenbi weer he woll ok dorför tostännig, den Schiet bi de Lüüd aftohalen un aftofohren. „Schiet-Rath" hebbt se em nöömt, harr se mal hööört. Man dat weet se egens gor nich so nipp un nau. Ok anner Gewarken weren in de Fischerstraat ünnerbröcht. Dor geev dat Schoster un Snieder, dör ehr Delen dör gung dat meist na achtern in ehr lütte Warksteden. Rökerien, en Peer-slachter un en Mudder Griepsch. Anfang un Enn vun dat Leven dicht blangenanner in een Straat.

Speelt worr den helen Dag op de Straat. Verkehr geev dat dor nich. Villicht rumpel mal en Peer-Spannwark över dat Plaaster, en Auto weer en Sensatschoon, vun de noch Daag lang vertellt wurr. „Abends, wenn der Mond scheint." Dat weer een vun ehr leefsten Spele wesst. „Zum Städtelein hinaus." Denn worr se afklappt. „In Gesas Haus." Un na kloor harrn se en Marmellock, dor worrn de bunten Kugels rinrullt, un an de Eck bi den Bäcker wurr Springtau speelt un de „Ballproov" maakt, gegen de Wand un över den Kopp. Eenmal de Week gung dat na den „Kornblümchenbund", in den Saal vun den Kroog en poor Hüüs wieder. Marie-Louisen-Bund worr he ok nöömt. Dor kregen de lütten Deerns wat vörleest, spelen tohoop, danzen tosamen. Se harrn blaue Kleder an mit Puffarms un witten Rüschenkraag. To Wiehnachten worr wat opföhrt in „Stadt Kiel". Dor stunnen se all as Poppen trechtmaakt in grote Pappkassens op de Bühn. Blots se dorv as Käthe-Kruse-Popp ahn Pappkassen vörn op de Bühn stahn, sik nich rippen un nich rögen un keen Mucks seggen.

Denn bu ehr Vadder dat Huus in den Jungfernstieg, Nummer 109, liek achter dat Huus vun Oma un Opa. Dör dat grote Infohrt-Door, wat ümmer noch to sehn is, gung dat över en Deel na de Rökerie. An de linke Siet stunnen de Avens, rechtersiet en grote Pump un dorvör twee grote Waterbeckens, wo de Fisch in wuschen worrn. Man in de swore Tiet harr Vadder keen Glück mit dat Gewarf, liekers dat för em bet to de Tiet ümmer blots vörangahn weer. Na en Lehr as Pannemann weer he bi en Laden för Möbelmang in Niemünster lannt, harr nie'e Saken utfunnen, ünner annern en heel niege Finsterpatent, wo sik de Flögel eenmal üm sik sülvst dreihen un sodennig vun binnen wuschen warrn kunnen.

So harr he Geld verdeent un kunn sik de Rökerie in sien Geboortsstadt buen. „Fisch-Kommischonäär" muss se jümmers antern, wenn de Schoolmester na de Profeschoon vun ehren Vadder fragen dee. Laterhen harr he Lastwagens, mit de he Fisch ut Hamborg halen dee, dor dorv se af un an mitfohren na ehr anner Oma. As dat Gewarf denn koppheister gung, fung he bi de TVA-Süüd an, harr dat Leit vun en Büro un laterhen denn ok noch en lütten Fischladen an'n Doomsdag.

Ok in den Jungfernstieg harr se as Deern all de Frieheit vun de hele Welt. Se spelen twüschen Fischernetten un Fischkassens, an den Dang, bi den Soot un op de Allee an't Water. „Wi kunnen överall hen, wo wi blots henwullen. Keeneen harr Bang üm uns." Blots de Tiet, de se mitkregen harr, de muss se nipp un nau inholen. In'n Winter fohren de Jungs mit den Peek-Sleden un laterhen op de Broosbyer Koppel. To'n Inkopen worr se al mal na den Kroog blangenan schickt, en Kruuk Beer halen oder in den lütten Laden in den Havengang, wo een eerstmal an dat Etigfatt un dat Sempfatt vörbimuss, vördem een de fründliche Fru achter'n Tresen fraag, wat dat denn wesen schull. Botter schull se halen, man dütmal nich för't Broot, ne, dor wull Mudder de Büx vun ehr lütte Broder mit reinmaken, de sik mal wedder mit den Teer vun de Bööd insmeert harr.

Acht Johr lang gung dat elkeen Schooldag vun den Jungfernstieg in de Reeperbahn na de Deernsbörgerschool. In de eersten veer Johr harr se in meist elkeen Stünn ümmer den sülvigen Schoolmester. Sien Hobby weer Naturkunn. Do gung he denn faken mit jüm na buten, Steertpoggen bekieken un villicht ok mal vörsichtig in de Hand nehmen. Ümmer haal se op den Schoolweg ehr Fründin af, de denn mehrstentiets noch bi't Fröhstück seet. Bi de Kark gung dat dör den Bagengang an't Kaschott vörbi un bi den Paster. Meist 40 Deerns funnen sik in ehr Klass tohoop un ok op den Schoolhoff weren se meist tosamen. Dor worr Messerpick speelt oder Hinkepott, Ringelreigen. De mehrsten Schoolmesters weren Mannslüüd, de Rekter na kloor ok. Man ok Fruuns geev dat, so as de strenge Musiklehrersche, de ok al mal tolangen dee, wenn dat scheef klung, wat se singen schullen. Wenn tekent warrn schull oder Handarbeiden maakt, denn harrn se in de School för beides en egen Saal, un wenn turnt warrn schull, gung dat in den Turnsaal vun de Jungsschool. Dor harr se in't Tüügnis mal en Twee för kregen. „Hüüt is mi noch unkloor, woför egentlich. Dat weer gor nich so mien Saak".

As se ut dat Huus rutmussen, wieldat ehr Vadder dat verkopen muss, dat kann se nienich vergeten. Toeerst gung dat in en lütt Nootwahnung bi Schuch achtern op den Hoff, dorna na den Klintbarg 5 un vun dor in den Doomsdag 18. Ok vun düsse Kant gung dat ümmer na de School foorts wedder in de Stadt, wo all ehr Fründinnen weren. Keen Weg weer dorför to wiet. Hen dör den Lüüchttoornweg, trüch nerrn an't Water lang.

„Du, Oma, slöppst du?" En lütte Deern stuppst ehr licht an den Arm un kickt ehr mit grote Ogen an. Se schüttköppt en beten. „Ne, mien Deern, ik heff blots an de Tiet dacht, as ik noch so lütt weer as du. Un dor sünd mi woll de Ogen en lütt beten bi tofullen." „Weer dat denn domals schöner as hüüt?", will de Lütte weten."

„För mi sachts," antert de Fru, „för di is dat hüüt wiss veel schöner." Un denn kümmt se sinnig wedder hooch, klemmt sik achter den Rullwaag un schüfft na Huus to.

En Interview mit Johann Hinrich Fehrs
(to den 90. Johrsdag vun de Fehrsgill)

Leve Tohörers, hüüt sünd wi to Gast bi en groten Schrieversmann vun uns plattdüütsche Spraak: Johann Hinrich Fehrs ut Itzhoe. Leve Herr Fehrs, vörnweg al mal velen Dank dorför, wat Se uns hüüt op en poor Fragen to Ehr Leven antern wüllt! (Dorbi hett uns Heinrich Kahl mit en Vördrag vun 1998 düchtig hulpen.)
Dat maak ik geern. Denn mi dücht, de Lüüd hebbt ümmer noch nich markt, wat de Spraak in mien Wark – vör allen in mien Lyrik – wat heel Besünners is. Un dat gellt nich blots för mien Spraak, mi dücht, ok de Aart un Wies, woans ik schrieven do, gifft dat in de plattdüütsche Literatur man knapp en twete Mal.
Herr Fehrs, dor geev dat ja sogar mal een, de hett Se vörsmeten, Se weren gor keen richtigen Plattdüütschen.
Dor kann ik man blots över smuustern. „Mien Moderspraak" – dat Gedicht vun mien Kolleeg Klaus Groth kann ik ut vulle Hart vördregen. Plattdüütsch weer un is mien Moderspraak. Bet ik to School keem, heff ik nix anners snackt. Un all de Lüüd rund üm mi to, de hebbt ok nix anners snackt. Hoochdüütsch heff ik as Tweetspraak in de School lehrt – un ik mutt dat togestahn – dat hett Johren duert, bet ik dat enigermaten goot kunn. Sogor as Schoolmester weer mien Hoochdüütsch noch

ümmer wat kröpelig. Ik will ja nüms den Rüch oprieten, de hier nich mit an'n Disch sitten deit, aver mien Kolleeg Fritz Reuter hett nich överall so dör un dör Plattdüütsch schreven. Bi em kümmt doch af un an mal wat Hoochdüütsches rin.

Se hebbt ja op Hoochdüütsch anfungen to schrieven. Ehr Gedichten sünd sogor mehrstendeels op Hoochdüütsch, man blots 36 vun all 120 Stück hebbt Se op Platt schreven.

Aver dör de hebbt de Lüüd mi denn doch veel beter kennenlehrt as dör de hoochdüütschen. Un bi mien Novellen, Vertellen un so wieder is dat ja heel anners. Meist all vun de 44 Stücken un mien Roman sünd op Plattdüütsch schreven. So seh ik mi denn ok an eerste Steed as den nedderdüütschen Novellenschriever. Mien Kolleeg Klaus Groth is de grote nedderdüütsche Lyriker, de Goethe vun de Plattdüütschen, as he ok to Recht nöömt warrt, un Kolleeg Reuter is de Romanschriever. Tohoop maakt wi dat Trio vull.

Herr Fehrs, dat is jümmers wedder seggt worrn, dat Ehr Wark ahn Ehr Kinnertiet, ahn Ehr Heimatdörp gor nich to denken weer.

Dat mag wull wesen. Ilenbek is för mi en groten Deel vun mien Kinnertiet in Möhlenbarbek. Ik heff mi soveel utspunnen över dat dor Dörp in mien Stücken, as dat man knapp en anner Schriever maakt hett. Villicht kunn een mien Ilenbek verglieken mit Tolkiens „Mittelerde", woneem de Hobbits hüsen doot. Villicht hett he sik dat ja vun mi afkeken. Theodor Storm hett veel in Husum spelen laten, aver he hett ok en Barg anner Rebeten, Dörper un so wieder dortonahmen. Ik bün ja sogor so wiet gahn, dat deelwies Lüüd ut mien egen Familie ünner en anner Naam in mien Böker opdükert. Krumm nahmen hebbt Se mi dat nich, tominnst weet ik dor nix vun af.

Se sünd ja eerst teemlich laat an't Schrieven kamen, Herr Fehrs, meist eerst mit 40 Johr. Woans keem dat?

Mi worr domals 1838 nich jüst in de Weeg leggt, wat ik eenmal en Schrieversmann warrn schull. Toeerst – un denn ok mien Leven lang – muss ik mien Broot as Schoolmester verdenen – wat ik jümmers geern maakt heff. Schrieven kunn ik sünndags un wenn sunst mal Tiet weer. Un dor weer toeerst eenfach afsluuts keen Tiet to.

Weren Se denn so'n goden Schöler, dat Se laterhen sülvst annern wat bibringen kunnen?

Och, weet Se, domols weer dat gor nich so swoor, Schoolmester to warrn. Egens keem dat so: Mien öllere Broder schull Schoolmester warrn un ik den Hoff vun Vadder övernehmen. Man denn keem mien Broder vun uns groten Frieheitskamp nich wedder na Huus – un denn weren dor ja sien Böker. De wull Vadder nich ümsunst köfft hebben. Un denn see he to mi: ‚Jehann, nu warrst du Schoolmester!' Ik harr dor nich veel bi to bestellen. Ja, un denn keem ik vun de lütte Winterschool in Möhlenbarbek na de Dörpsschool in Lohbarbek. Dorna gung ik toeerst bi en Dörpsschoolmester in de Lehr – as Lehrerlehrling, so muss een dat hütigendags wull nömen – un denn funn ik in Störkathen bi Kellinghusen mien eerste egene Steed. Dat weer en tämlich lege Tiet, ok do kemen de Kinner blots in'n Winter, ik harr de Groten un de Lütten in een Klass – Binnendifferenzeren un Individualiseren – hüüt wedder groot op de pädagoogschen Fahns – dat weer domals unsen Alldag. Dorför kreeg ik teihn Daler un kunn frie leven, reegüm bi all de Buern in't Dörp. Man ik heff gau markt: Mit mien Utbillen weer dat so wiet nich her.

Aver liekers worrn Se laterhen Rekter, vun de Deernsschool in Itzhoe, de Ehr Fru al vörher grünnt harr un de hüüt na Auguste Viktoria, de Fru vun uns letzten Kaiser, nöömt is.

Goot, dor keem ja aver ok noch en hele Barg dortwüschen. Ik weer as Präparand in Altona – dor heff ik 40 Wekenstünnen mit 50 bet 100 Jungs un Deerns in een Klass afleist – dat schullen mi de Daams un Herrn Pädagogen vun hüüt noch mal namaken! Dorna keem ik op't Seminor in Eckernföör.

Dor hebbt Se denn ok noch en Barg mehr lehrt as blots de Schoolmesterie.

Dat köönt Se woll seggen. Dor heff ik to'n eersten Mal Weten kregen, heff bannig veel leest, vör allen Klaus Groth, heff mi mit Mathematik un de Historie befaat, heff lehrt, över uns sleswig-holsteensche Heimat natodenken. Un dat weer nich ümmer so heel eenfach, denn de Präparanden un dat Seminor weren jo däänsche Inrichtens. Ik heff dor Frünnen funnen, mit de ik dat Leven lang tohoopbleven bün, Heinrich Hansen to'n Bispill un Jochen Mähl. Aver een Saak will ik hier noch mal düütlich maken: Ik glööv, en groot Deel vun mien Utbillen, de heff ik nich de School un nich dat Seminor to verdanken – de heff ik veel mehr in de Natur kregen, op de Wischen alleen mit de Köh, an den Beek un in't Holt. Dat allens speelt en grote Rull in mien hele Wark.

Herr Fehrs, an't Enn seggt Se uns doch bidde noch:

Woans, glöövt Se, geiht dat wieder mit de plattdüütsche Spraak?

Ik will ja nich as Swartmaler oder Spökenkieker dorstahn, man ik glööv, dat steiht nich jüst allerbest üm uns ole Sassenspraak. Ik heff al vör 104 Johr seggt: De plattdüütsche Spraak gellt de mehrsten as wunnerliche Oolsch, de een snacken laten schall, wenn een lachen will. Ut ehren Mund fiene Poesie to hören, dat warrt ehr man knapp noch totruut, se warrt nich mehr eernst nahmen. Dorbi is uns Plattdüütsch so eernst un deep un so vull vun en wohren Humor.

Leve Herr Fehrs, wi seggt en hartlich Dankeschöön dorför, dat Se uns so veel över sik un Ehr Tiet vertellt hebbt. Wi wünscht uns un Se, wat Se in Tokunft wedder de Steed in de düütsche Literatur torüchkriegen doot, de Se un Ehr Wark tosteiht.

En Enn vun wat

De roden Tallen

Hansen versöch, de Schuuvlaad optotrecken. As jümmers klemm se. He harr sik nienich trennen kunnt vun den olen eken Schrievdisch, de em sien Vadder noch vermaakt harr. Dat wuchtige Möbel weer mit em lang gahn, dör sien hele Leven as de „Stroom-Minsch vun Fischdörp", as se em al siet vele Johren nömen. Un nu weer dat sounso to laat, dat gode Stück noch ümtosetten, wat opletzt wat Modernes intrecken kann, as Sven, sien grote Jung, ümmer vun em wull. Nu weer meist allens to laat.

He trook noch mal, wat sinniger, de Schrievdisch wull sensibel behannelt warrn. Egens wuss he dat al lang. Man hüüt kunn he sik knapp noch dorop besinnen. Hüüt kunn he sik meist op gor nix mehr besinnen. Blots noch Rekens pultern em dör den Kopp, Rekens mit rode Tallen op, so as domals in de School, wenn Pipke mal wedder wat in sien Rekenarbeit funnen harr, wo he un Adam Riese, op den he sik ümmer beropen dee, nich mit inverstahn weren. Nu harr em düsse Adam Riese heel un deel verlaten.

Mit en Quietschen gung de Schuuvlaad op. Dat ole Möbelmang schien sik meist to wehren, em Inblick to geven in dat Chaos, wat dor links vun em ut dat depe swarte Lock rutquull. Rekens kemen to'n Vörschien, luder Rekens, en dicke Pack, dat tunnenswoor in sien Hand leeg, vun sien fröher mal starken Fingers ümkrallt worr. He keek nich op jüm, he wuss al butenkopps, wat dor in to finnen weer. Tallen, Tallen un noch mal Tallen, alltohoop deeproot, meist, as weren se mit Bloot schreven. So as bi de Indianers, smuustergrien he för en Momang. Man dat vergung so gau, as dat över sien Ogen lopen weer, un allens in dat ole Gesicht hung wedder na nerrn, as dorvör.

Siet söss Weken harr he al nich mehr betahlen kunnt. De eersten Mahnschrieven weren al twüschen dat Blattwark, dat sien Fuust ümkrall. De Spraak worr al en Spoor unfründlicher, mit de se em opfellrn deen, nu opletzt mal to betahlen. Man dat bröch ok nix mehr. He kunn nich. Dor weer kenn Penn mehr. Un nu harr de Kurverwalten ok noch den Opdrag för den Ümbu vun den Veranstaltensruum wedder torüchtrocken. He kunn jüm verklagen. Schriftlich harrn se noch nix kloormaakt hatt, man dat gifft doch sowat as en mündlichen Verdrag. Avers wörr he dat bewiesen könen? Wörrn se em, den lütten Krauter, noch wat glöven? Un wenn doch, kunn he den Opdrag denn nu noch utföhren? Keem he noch an Material ran, an all de Stickdosen, dat Kavel, de Ünnerputzdosen, de Lüsterklemmen, de he nich mehr op Lager harr? Un de Kurverwalten, de harr sülvst keen Penn mehr över. See Manni tominnst, de dor för de Kass tostännig weer. Se harrn so'n düchtige Minus hatt, verleden Johr dör den kolen Sommer. Un nu wullen de in Bonn ok noch an de Kuren ran. Nich mehr so lang, nich mehr so faken, nich mehr soveel Geld dorto för de

Patschenten. Ja, un denn gung dat bargaf mit dat Kurhuus. Dor wullen oder kunnen nich mehr so veel as betto in'n Slick liggen oder dat fienstuvige Seewater inaten. De mussen to Huus blieven un ehren egen Stoff inhaleren.

Un nu? Wat schull ut Gert warrn? De weer siet 35 Johr bi em, weer de eenzige, den he domals nabeholen harr, vör knapp teihn Johr, as dat al mal bargdaal gahn weer mit em. Domals harr he de Firma oplösen musst un kunn blots wiedermaken, wieldat Anke mitspeelt harr un ehren goden Naam hergeven harr. Sebastian wörr woll noch wat finnen. He weer düchtig, un, wat een nich allto faken hüüttodaags bi de jungen Lüüd finnen deit, ok noch sülvststännig noog un maken ok mal welke Arbeiden heel alleen. Un dat ok noch so, wat een sik dorop verlaten kunn, dat achteran allens op de Reeg weer. He wörr en niege Lehrsteed finnen. Blots fohren muss he denn. In Fischdörp geev dat keen Elektromester mehr.
Dor weer he de letzte, as ok al sien Vadder vör em. Vun den harr he dat Huus mit de grote Warksteed arvt. Un denn, knapp wat he doot weer, allens beter maken wullt, grötter, moderner. Dat weer al söven Johren later so wat vun in de Büx gahn. Do harr he egens al opgeven schullt. Anke harr al jümmers to em seggt, wat he keen Gewarfsmann weer. Em weer dat Knallharte afgahn, wat se sik all toleggt harrn in de Tieden, as dat ümmer bargop gahn dee. He harr dat nienich kunnt. Sien Rekens weren faken bet na den 31.12. liggen bleven. Dorbi weer dat för em sülvst ümmer Ehrensaak west, wenn he wat to betahlen harr un doon dat foorts. Weren doch all sien

Mackers siet vele, vele Johren, männicheen Fründ dorbi. De kunn he doch nich op sien Geld töven laten. De bruken dat jo ok, sünnerlich, siet de Tieden leger worrn weren. Dat harr em, nu, as de Arbeit ringer worr, dat Gnick braken. Un ok, wat de Lüüd sülvst keen Geld mehr harrn, veel weren ehr Arbeit losworrn, dat Leven worr ümmer dürer. Do fungen se an to sporen, un toeerst dor, neem jüst em dat Wehdaag maken dee. Männicheen Stickdoos worr nu vun unkünnige Hannen inbuut. Wenn dat blots ümmer gootgahn dee!

He kreeg nu al de Reken präsenteert. Handwarkers weren to düer worrn, seen de Lüüd. Dor harrn se woll recht mit. Man kunn he dor wat för? Wat weer dor allens to betahlen vun dat Geld, wat he för de Arbeit kreeg? Un schull he Gert leger stellen as sien Kollegen? De weer ok verheiraadt, harr sien lütt smucke Huus, sien Kinner, vun de een, de Jüngste, nu bi wull un studeren. Sebastian harr gor nich eerst anfungen bi em, wenn de Müüs nich op de Reeg west weren! So veel weer al mal kloor.

Hansen legg den Stapel Rekens op den Disch. De hele Tiet över harr he em in sien Hand holen, harr sik doran fastklammert un af un an op dat eken Holt kloppt dormit, as kunn he de Tallen dor rutschüddeln. Un denn mit een Hand in'n Papeerkorv raken. Weg dormit, nich weddersehn, leddige Blääd vör em, witt as de Unschuld. En schöne Droom!

He trook dat rechte Schuuv op. De klemm nich, harr dat noch nienich daan. Dorför weer se ümmer toslaten. Vorhen al, as he sik hensett harr an dat ole Möbelmang vun sien Vadder, harr he sien Slötelbund rutkregen un dat opslaten. De Schuuvlaad, in de egens nix in weer, blots dat, wat he al domals, as sien Vadder sturv, dor binnen funnen harr. Un woröver he sik domals bannig verfehrt harr: en rustigen olen Armeerevolver. De muss dor al siet Kriegstieden in legen hebben, anners as de Scheetprügels, de se noch in't Huus hatt harrn un de se, knapp wat de Krieg to Enn weer, achter in dat Muddlock bi den Woold smeten harrn. Den Revolver harr he domals eerst ok dorhen smieten wullt. Bi Nacht un Nevel, wenn em keeneen wies warrn kunn. Man denn weer em infullen, wat he as lütte Klabauter mit sien Frünnen tohoop al en poor Johren na dat Versenken wat ruthaalt harr ut dat Lock, en Mess mit dat dor verdorrige Krüüz dor op. Denn kunnen Kinner ok den lütten Scheetprügel finnen. Do harr he em inöölt un wedder inslaten in den olen eken Schrievdisch. Un harr sik nix dacht dorbi. Bet hüüt.

En Twieg vun den Wiechelbuusch vör't Huus strakelt fien över dat Finster vun sien Büro. Hansen kickt op. Buten speelt sien lütten Enkel, Martin, twüschen de Büscher. He krüppt op de lütte Holtbrüch, de he egens för em över den Goorndiek buut hett, wat he denn dor rin luern kann un Stickers fangen, Steertpoggen, Kävers un wat dat dor sunst noch in gifft. Martin hett sien lütt Nett in de Hand, bückt sik deep över dat Water un luert. Heel sinnig maakt he dat. Anners as männicheen in sien Öller, de mit fief al düchtig wat stappeliger is, wenn he man blots vör de Flimmerkist groot worrn is. Un denn geiht he noch wat deper, sinnig warrt dat Nett afsenkt, un denn haut he dat in't Water rin, wat du dat meist gor nich mitkriegen deist, so gau. Denn kümmt he wedder hooch, de lütte Keerl, mit en stolte Oog in't Nett rin. „Oma,

Oma", hőört Hansen en dünne Stimm achter't Glas. „Kiek mal, wat ik fungen heff!"
Sinnig schüfft Opa de rechte Schuuv wedder to un slütt af.

De liesen Bülgen

Nu harr se dat Malöör. Dat Water steeg so gau, wat se al ringsüm nix anners mehr sehn kunn. Sowiet se allgemeen noch wat sehn kunn. Gliekstiedig mit dat Water weer de Daak kamen. Unheemlich weer he optrocken vun all de Sieden, eerst meist so as Wulken, de kemen un an ehr vörbi huschen as Spökels. Un denn bleven se bi ehr, packen ehr week un heel in, wat se kuum noch Aten to kriegen meen. Un denn dat Water. De Priel weer al lang vulllopen. Nu platsch dat över de Plaat her, op de se jüst noch drögen Foots harr lopen kunnt.
Wo harr se ok so dösig wesen kunnt? Se kenn dat doch. Se kunn sik nich dormit rutsnacken, dat se vun wietweg keem un keen Ahnen harr vun de Mächt hier buten. Wenn se blots eenmal op den Flootkalenner keken harr, denn harr se weten musst, wat dat jüst nu de leegste Tiet west weer un gahn rut. Un denn blaas en flaue, stüttige Süüdwest, ümmer vun See op't Land to, un dat weer al an't Enn vun'n November. De Nevelmaand nömen se em hier – dor muss een mit allens reken. Keen Minsch weer buten west. Heel alleen weer se över de Plaat lopen vörn an de Waterkant. Un to'n eersten Mal siet lange Tiet harr se wedder döraten kunnt, harr sik wedder frie föhlt vun all den Schiet, de in de verleden Tiet över ehr kamen weer. Siet Jan weggahn weer.

Nu swabbel dat Water al meist in de Stevel rin. Se muss wat doon. Hier stahnblieven weer jüst so as Starven. Un dat wull se nich mehr. Nu nich mehr. Se dreih sik üm. Överall dat dor grieswitte Natt üm se rüm. Mal glööv se, wat dat hier wat dörsichtiger weer, mal düch een dat an en anner Steed. Liekers weer nix to sehn. Nix, wo se sik an orienteren kunn. Keen Pahl, keen Licht, keen Buwark. Se leep torüch, dorhen, wo se meen, wat dat dor torüch gung, weg vun de See, op't Land to, neem se glööv, wat dat dor wesen kunn. Nu leep dat Water heel sacht in de Stevel rin. De Fööt quatschen dor binnen. Dat Natt weer ieskoolt. Do greep ehr wat an de Bost un snöör den Bostkorf tohoop. Man se muss wiederlopen. Stahnblieven weer de Doot. Dat Lopen weer so swoor as dör den hogen Snee merrn in'n Winter. Meist kreeg se de Stevel al gor nich mehr hooch. Man noch seten se fast an de Fööt. Wieder! Se wull leven, wull wiedermaken, ok ahn Jan. Dat wuss se siet vörhen. Dat harr ehr dat Water vertellt. Nu kunn ehr dat doch nich dootmaken! Villicht weer dat blots en Mootproov? Se schull wiesen, wat se nu würklich wedder leven wull.

Wat hoges Swartes düker ut den Nevel op. Weer dat en Fata Morgana? Och wat, so wat geev dat doch in düsse Tiet gor nich. Dat muss wat wesen, wat ehr helpen wull. Dor keem de Nevel, un nix Swartes weer dor mehr. En Lögenbild ut ehren Kopp? Bet an den Gördel gung ehr dat Water nu al. De helen Been weren ieskoolt. Se föhl se al meist nich mehr. De Küll kroop an den Buuk hooch, an de Bost, op de Kehl to, greep na ehr, wull ehr dat Licht utdreihen.

„To Hölp!", bölk se so luut as se kunn. „To Hölp, to Hölp!"

Man wokeen schull dat hören? Hier weer um düsse Tiet keen Minsch. Se weer afsluuts alleen.

Se knall mit den linken Arm an wat Fastes. Dat pier so dull, wat se en Stoot lang meist gor nix mehr sehn kunn. Weer dor wedder dat hoge Swarte? Dat Water, dat mit lierlütte Bülgen heel liesen oplopen dee, aver bannig wat höger as sunst, dat platsch hier so egenoordig. Stunn em wat in den Weg?

Do worr se miteens packt un hoochreten. Se wull sik to Wehr setten gegen dat, wat ehr elkeen frie'en Willen nehmen dee. Aver se kunn nich mehr. Se leet mit sik maken, wat dat wull, wat se nu ümmer duller trook un trook. Se mark, wat ehr Grips nich mehr mitspelen wull.

As se de Ogen opsleit, kickt se in dat Gesicht vun en jungen Keerl. He luert ehr verbaast an, eit ehr vörsichtig över de Steern.

„Na, wo geiht?", seggt he denn liesen. Meist weiht de Wind de Wöör weg.

„Nu wedder goot", seggt se un ehr fallt en Steen vun't Hart.

Se kickt sik üm. Se liggt vör de Ingangsdöör vun „Robinsons Hütt", dat Restaurant, wat se buten op Hunnerten vun Pahlen merrn op den Strand buut hebb. In'n Sommer is dat hier Dag för Dag brekenvull. Nu is dor keen Swien mehr. De Döör is verrammelt mit Breed un Iesenbänner. De Trepp na hier baven is deelwies afbuut, man dat Enn kickt bi den hogen Waterstand nu man blots noch jüst över de liesen Bülgen röver. Dor nerrn gluckert dat un platscht. Dat sünd de Pahlen, de dat Water in'n Weg staht. De Wind swiestert, ahn natolaten, över de wiede griese See. Enerwegens pultert dat in een Tour.

He seggt nix un se seggt nix. Se gruvelt. Beide mit de sülvigen Gedanken. Woans schüllt se hier wedder wegkamen? Hier liggenblieven in de Küll, dör un dör natt, dat kunn se nich dörholen. He weer nich natt.

„Is dor keen Telefon binnen?", fraagt se em.

„Doch, is woll", meent he. „Man wat helpt uns dat? Wi kaamt nich rin."

Do pultert dat liek achter em. Dat Finster blangen de Döör sleit wat op.

He fohrt in sik tosamen, versöcht, dat Finster wedder totodrücken. Se schall dat nich sehn.

Man se hett dat al sehn. Un nu süht se ok, wat dat twei is, dat Finster, inhaut jüst dor, wo de Klink is. He löppt root an in't Gesicht.

Se kickt em an. He süht so harmlos ut. „Weerst du dor al binnen?"

„Ja", antert he.

„Hest du dor wat ruthalen wullt?"

„Ja", seggt he.

„Un nu mutt ik di dorbi ok noch in de Mööt kamen." Se grient meist en beten, as se em wedder anschuult. He kickt ehr in de Ogen, mutt ok grienen. Dor sitt se beide, de Spazeergängersche, de dat Leven eerst wedder lehren dee, as de See ehr toreep, dat noch mal to versöken, un ehr gliekstiedig an de Kehl greep, ehr to wiesen, wat se verleren kunn. Un he, de sik in'n Sommer in dat een Buddelschipp verkeken harr, wat al meist hunnert Johr oolt weer un wat sik in sien Sammeln so goot maakt harr. He harr den Eegner dat ja afkopen wullt, man de harr em utlacht. Dat kunn he sik gor nich leisten, harr he meent un harr em vun nerrn bet baven ankeken, as weer he heel un deel nix weert.

Un denn harr he sik vörnahmen, dat ruttohalen. In'n Winter, wenn nüms dat marken kunn. Wokeen dee dat weh, wenn dat Buddelschipp in tokamen Tiet bi em in de Stuuv stunn? De dor dösige Keerl vun't Restaurant sachts nich. De harr noog vun so'n olen Kraam. De kenn dat doch gor nich mehr in't Enkelte. Ja, un denn weer he instegen, harr söcht un dat ok funnen. Man jüst in den Ogenblick, as he togripen wull, do harr he markt, wat dat Buddelschipp glöhnig hitt worrn weer. He harr dat nich mehr anfaten kunnt. Un denn harr he sik nich mehr goot föhlt. Wat harr he dor maakt? Dat weer en Inbrook as elkeen annere! Meist weer he een Deef worrn un wull dat doch gor nich wesen. Dat dösige Buddelschipp, harr he dacht un weer wedder rut. Man torüch kunn he nu nich mehr. Do weer dat Water al veel to hooch west. Ja, un denn harr he miteens ehr Schriegen höört un denn glieks dorop ehren Arm sehn. Un do harr he togrepen.

Dat allens vertell he ehr. Un keek ehr dorbi liek in de Ogen, wat se dat eenfach glöven muss, wat he see. Un denn gung se na baven na dat Telefon.

En halve Stünn later legg dat lütte Schipp vun de DLRG nerrn an, bi de Trepp, de nu al mit en poor Stopen ünner Water weer. Se gungen an Boord. As se sik hensetten dee, op de eenfache Plank merrn in't Schipp, see se to den een vun de beiden DLRG-Lüüd, de blangen ehr stunn: „Dor baven is en Schiev twei. Dor schull sachts noch mal een na kieken, vördem dor wat utrüümt warrt. Sodennig weer dat meistto en Glücksfall, wat wi beide uns op ‚Robinsons Hütt' redden mussen." Se plinköög den verhinnerten Deef to, de sik nu vörn in't Schipp hensett harr, un de grien fründlich dankbor torüch. Dat Leven is doch schöön, dachen de beiden bi sik.

De ole Dokter

„Besöökt Se em doch mal!", harr Fru Schütt to ehr seggt. Eenfach so: „Besöökt Se em doch mal!" As wenn en Besöök bi ehren olen Dokter dat Eenfachste vun de Welt weer!

Man liekers harr se sik vörnahmen, dat jichtenswenn to doon. Ümmer harr se en Barg vun Dr. Schütt holen. Nich eenmal harr he in all de Johren keen Tiet för ehr hatt, harr ehr nienich vun baven daal afhannelt – rin, över't Muul fohren, keen Intresse an den Patschenten, Rezept utstellt, gau wedder rut, un buten bimmelt de Kass – so as dat bi veel anner Dokters Dag för Dag togeiht. Wenn se mit ehren Söhn na Dr. Schütt keem, denn harr de ümmer Tiet för ehr. Fraag, woans ehr dat güng, höör to, as harr he gornix anners to doon. Jüst denn, as Hermann vun See nich mehr torüchkamen weer un se för en korten Ogenblick de Lust an't Leven verloren harr. Man dor weer de lütte Sven, de noch duller op ehr anwiest weer as vörher.

„Se köönt em doch nich alleen laten!", harr Dr. Schütt ehr in't Geweten snackt. Un liekers he ehr dorbi nich neegkamen weer, harr se domals heel düütlich dat Geföhl hatt, he harr ehr ümarmt. So warm un seker föhl se sik bi em. Un denn harr se ok nienich mehr doran dacht, eenfach uttokniepen. Un he harr nümmer wedder wat dorto seggt. Dat weer utstahn west.

Al to de Tiet weer de Dokter en olen Mann. Man egens kunnst du em dat gor nich anmarken. He weer jümmers krüüzfidel. Nich so vun düssen Slag, de een ümmer to'n Smuustergrienen bringen mutt, wat he sülvst denn as de Gröttste dorsteiht. Ne, mehr vun de liese Oort. Wenn se rinkeem na em in sien Spreekstuuv, denn see he dat eene Mal „Goden Dag, Fru Hübsch!" to ehr un dat anner Mal: „Na, wo geiht, Fru Schick?" Ümmer dee he so, as kunn he sik ehren Naam Britta Schön eenfach nich marken. „Wat seht Se hüüt wedder moj ut, Fru Smuck!", maak he ehr denn en Kumpelment un grien över beide Ohren. Se mark all de Tiet, wat dor för en lütten Momang achter den Dokter de Mann rutkeek.

Un denn full een üm't anner Mal dat Griese vun den Alldag vun ehr af, dat Alleensien, as Hermann nich mehr dor weer. För en lütten Ogenblick harr ehr do al dücht, as harr de Dokter sik verkeken in ehr. Man glöven kunn se dat nich. He stunn doch wiet över ehr. Wat weer se denn? Huusfru un Mudder. Un wat se al siet vele Johren ümmer de niesten Böker över dat Optrecken vun Kinner, över dat Tosamenleven vun de Minschen in sik rinfreten dee – dat maak den Volksschool-Afsluss doch nich wett un ok nich, wat se nümmer lehrt harr, sik vörnehm uttodrücken. Man wenn ok veel Lüüd ehr düt Geföhl geven deen – he höör nich dorto. Bi em weer dat ümmer so, as wenn se beide blangeneenanner op den sülven Footbodden in de Welt stahn deen.

Un denn, as se Fru Schütt op den Wekenmarkt dreep, harr de „Besöökt Se em doch mal!" to ehr seggt. Eenfach

so. Vör veer Johren harr he sik al to Roh sett. Dor weer he al över söventig west. Af un an harr se noch wat vun em höört. Sien Rüch harr em al ümmer tosett. Nu weer he opereert worrn. Man so richtig weer he nich mehr op de Fööt kamen. Na buten keem he meist gor nich mehr.
Dor harr se sik fast vörnahmen, dat wohrtomaken. Se wull em besöken, un se freu sik dor al op. Man so'n beten Buukkniepen weer dor ok bi. Un denn harr se to lang töövt.
Een Morgen, as se dat Blatt opsloog – vun achtern, as se dat ümmer dee – do fullen ehr Ogen foorts op den Naam dor baven in de Eck: „Dr. Eckhard Schütt" stünn dor, un doröver weer en grote swarte Krüüz. Wieder harr se nich mehr lesen kunnt. De Tranen weren ehr över't Gesicht lopen. Un en bannig slecht Geweten keem foorts dorto. Woso harr se dat nich wohrmaakt, harr sik nich oprappeln kunnt?
As se wedder to sik kamen weer, harr se an Fru Schütt en Breef schreven. Harr ehr vertellt, wo unglücklich se west weer doröver, wat se em nich noch eenmal besöcht harr. Fru Schütt schreev torüch, wat he in sien hele Dokterleven sik ümmer blots för de Patschenten intresseert harr. Frünnen harr he man knapp hatt. Aver vun Britta Schön un vun ehren Söhn, dor harr he ümmer vertellt, schreev Fru Schütt. Ehr harr he ümmer hoochholen. Ok in de verleden Weken un Daag noch.
„Un dat is doch egens dat Wichtigste," schreev de Fru vun den olen Dokter denn noch, „de Blick torüch, de sleit meist veel mehr an as de Realität. Keeneen is wohrhaftig doot, solang noch een Minsch an em denken deit."
Britta full Hermann wedder in, as se den Breef to Siet legg.

Dat schull op en Minschen gahn

Hett sik dor wat röhrt? Armin wischt mit de Pullover-Manschett de Lins vun sien Teelfernrohr schier, leggt heel vörsichtig den Kopp op de Schullerstütt, de egens op sien Liefbo afstimmt is, treckt de Präzisionsschütten-Flint noch wat dichter an sik ran un pliert wedder na nerrn. He hett dat Finster direktemang in 't Viseer, un dor, liek ünner dat grote „S" vun de „Sparkasse Groß-Fischdorf": Kunn wesen, dor hett sik jüst wedder de Vörhang bewegt. Is dat en Keerl dor achter? Dat, wat sik dor pickswart vun den düüstern Achtergrund afheven deit? Is he dat? Oder is dat en grote Plant, en Stellwand? Is dat överhaupt wat?
Un wenn he dat nu is? Armin treckt dat Gesicht tosamen, wat he sien Snurrboort an de Nesenspitz spören deit. Verdorrig noch mal! Woso hebbt se nerrn nich oppasst mit de Funkfrequenz?
„Identität der Zielperson vermutlich geklärt", harr dat miteens ut sien Head-Set quarkt, „Harald Knudsen..."
Denn weer de Stimm vun den Insatzföhrer afbraken un en lütten Stoot later harr Armin blots noch sien Kommandoföhrer hööort: „Verd.....!"
Un denn weer dat wedder liesen worrn in sien Kopphörer. Man dat beten, wat he mitkregen harr, weer al veel to veel. Bet dorhen harr he bi sien eersten Scharpschütten-Insatz heel sinnig ageert. Na de Vörschrift harr he sien Positschoon innahmen, harr sik flach as en Haas in sien Sass op dat Dack güntsiet vun de Spoorkass hendrückt, sien Bruut, as se ehr Flint bi den Bund nöömt harrn, kloormaakt. Woll hunnertmal harr he

fröhmorgens, wenn de Sünn opgüng, so op en Hoochsitt luert, de Schrootflint in'n Anslag, un töövt, wat de Haas dor nerrn mit den Kopp hoochkeem. Un nu schull dat to'n eersten Mal op en Minschen gahn. Man dat weer en Swoorverbreker. He harr de Lüüd in den Tresorruum insparrt un en junge Fru as Geisel nahmen, as he mit sien Sack vull Geld ut de Spoorkass nich mehr rutkeem. ‚Wieldat wi al dor weren!'

Nix anners harr Armin betto vun den Keerl wusst. Nüms bi so en Insatz kriggt so wenig Informatschoon as dat Präzisionsscharpschütten-Kommando. Se schullen nich unnödig beladen warrn in ehren Kopp. Se harrn en Hoochleistensflint un Spezial-Munitschoon mit egens grote Mannstopp-Wirken. Dormit schullen se den Verbreker kampunfähig maken – wieder nix. „Finaler Rettungsschuss" heet dat un bedüüdt, wat de Minsch dat kuum överleven deit. Wat dat en Swoor-Kriminellen weer, den he antoviseren harr, dat harrn sien Mackers al lang kloormaakt. Dat güng Armin nix an.

Un nu wull em düsse Naam nich mehr ut den Kopp: Harald Knudsen. Weer dat Harry? Oh, mien Gott, blots dat nich! Armin kreeg sik faat dorbi, as he kort över den Teel-Feernkieker weg na baven in den Heven plier. De Teerpapp op dat Dack weer nich ganz dröög. Armin leep en kole Schuer över den Rüch.

Nu keem nerrn op de Straat Larm op. En gröne Auto rull neger an de Ingangsdöör vun de Spoorkass ran, heel suutje. En Blaulicht tuck över de Muern, de Finster un Dören vun de Hüüs rundümto. Trappeln vun gaue Fööt weer dor un dat Swiestern vun heesche Stimmen. Wat se repen, kunnst nich verstahn.

„Achtung!", höör Armin in sien Kopphörer un wedder: „PSK – Achtung!" Mit de linke Hand trook he dat Mikro noch wat dichter an sien Mund un geev liesen Torüchmellen: „Ziel rot!"

Achter dat Finster röhr sik nix. Un wenn dat doch Harry is? Armin mark sien Hart baven in'n Hals kloppen. Woans schull he op Harry scheten? 17 Johr lang weren se de besten Frünnen west. Toeerst in de Sandkist, neem Mudder ümmer mit em hengüng un Harrys Mudder ok. Denn in de Grundschool, in de Realschool. Meisttiets harrn se blangenanner seten, harrn gegensiedig afschreven bi de Mathearbeit un sik düchtig amüseert, wenn de ole Harmsen dat wedder nich markt harr. Sogor bi den Bund weren se noch tosamen west un dat harr nich veel fehlt, wat Harry ok noch mit na de Polizei kamen weer.

„Ziel rot!", keem dat wedder dörch de Luft in sien Head-Set flagen un Armin geev Anter, as he dat lehrt harr. ‚Eerst, wenn dree vun uns veer „Ziel grün!" mellen doot', wenn se em heel düütlich in't Viseer hebbt, denn drückt se all dree op eenmal af. Dor schall nich blots een alleen an den Dood vun en Minschen Schuld hebben. Armin harr dat allens in sien Kopp. Allens kunn he Woort för Woort opseggen, wat he in 15 Johr Polizeitiet lehrt harr. Mit sien Kommando harr he sogor al an en Europamesterschop deelnahmen. Un dor weren se Viezmester worrn. Dor harr sik all de Knöövspoort, dat Kamptraining, de Sülvstverdedigenskurs alltomal renteert. Egens weer doch de eerste Eernstfall nu ok man blots Routine!

‚Aver wat is, wenn dat Harry is?', hamer em dat wedder un wedder in sien Kopp. Meist teihn Johr lang harrn se sik ut de Ogen verloren. Un as he Harry denn wedder bemöten dee, dor merrn in Hannover, vör den Ingang vun dat Koophuus, do harr de sik böös verännert. Misstruusch keem he Armin vör, vertell knapp wat, ... ‚Un as he höör, wat ik al lang bi de Polizei bün, dor weer doch so'n egenoordig Blenkern in sien Ogen. So weer dat doch, oder? Snack ik mi dat blots in?'

Dor – rumms, de Döör floog op – in't Blaulicht susen de Schadden vun twee hooch opreten Minschenarms över de Muer. En Keerl schoot ut de Döör un leeg al in den sülvigen Momang lang henslagen op dat Plaaster. Gesicht na nerrn. Arms wiet vör sik. Been breet. Musenstill. Nüms harr schaten.

Un denn dreih he den Kopp en lierlütt beten to Siet. Armin harr em piel in't Viseer. Dat weer Harry. Armin rull sik weg. Eerst dor mark he, wat de Sweet em ünner den Kraag rutleep.

Na Huus kamen

Dat Wedder weer gresig. Ieskole Regendrüppels pieren op de Huut, de Oostenwind kroop twüschen Schaal un Huut den Hals daal, de Hannen harr ik deep in de Manteltaschen ingraavt. Dor vörn leeg dat lütt Schipp. „Isolde". Wat för en Naam! En beten swoormödig. Passt beter to sien hütigen Opdrag as to verleden Daag. Hüüt schull dat los as Karkhoffschipp, fröher is de Käppen dor woll mit op Fangfohrt gahn. Dösch, Bückels – ne, so heet de eerst, wenn se in Eckernföör ut de Rökerie kamen doot.

Dat Schipp dümpel al düchtig op un daal in den lütten Haven vun Schilksee. Dor kemen wi tosamen hüüt vörmiddag un wullen mien Unkel na sien letzt Rohsteed bringen. Buten in de Bucht vun Eckernföör. Sien Smachtsteed, woneem he jümmers harr hen torüchkamen wullt. Nu weer he nich mehr. Blots noch sien Asch weer dor. De stolte, ranke Keerl mit all dat, wat he föhlt un beleevt harr, mit all dat, wat he in sien kloken Kopp opsammelt harr, in 72 Johr – verbrennt enerwegens in New Jersey un nu op den Weg na den Grund vun de Oosten See.

En trurige Sellschop weer dat för de Truerfier op See. Pass nich blots mit Kledaasch un rünnertrocken Ogen, mit sinnige Wöör un liese Stimm to den Dag, pass ok in sien Tall dorhen. Keen grote Sellschop harr sik dor infunnen, keen olen Frünnen, Kinner, Mackers un wat sunst noch allens, wat faken tosamenkümmt un dregen un wenen un drinken en Liek ünner de Eer. Hüüt weren dat man jüst söss Lüüd. De nu över de kabbelige lütte holten Gangway op den Kutter klattern. Dor weer de Süster vun den Doden, ehr Mann un ik, ehren Söhn, vör den sien Unkel ümmer en grote Vörbild west weer. Denn weer noch de Fru vun em dorbi – mien Tante, de eerst vör dree Stünnen in Hamborg mit den Fleger ankamen weer. De Putt mit de Asch harr se as Handbagaasch bi sik hatt. Wat een dat gor nich dörv, harr se nich wusst. Un keeneen harr ehr fraagt. Domols güng dat noch. Hütigendaags weer se sachts as Terroristin inbucht worrn, tomal männicheen se mit ehr koreaansche Utsehn so un so op'n Kieker harr hebben kunnt.

Un denn weer noch de Kaptein dor, en olen Seemann as

ut'n Billerbook. Grootwussen, warm groff Tüüch, rode Hannen mit brede Fingers, garvte Huut in't Gesicht, depe Folen an beide Sieden vun de övergrote un en beten blaue Nees, en griesen Boort blots nerrn an't Kinn, griese Hoor ünner de Scheermmütz mit den gollen Anker vörn op. Un sien Decksmann. Vun em weer meisttiets nich veel to sehn, kroop ümmer enerwegens op dat lütte Schipp rüm, dreih Tauen op, hanteer mit Ammer un Bessen un monteer denn al teemlich fröh – wi weren jüst an Strann vörbi un nehmen Fohrt op na de Bucht vun Eckernföör to – de lütt Rutsch för de Oorn.

Ik, för den mien Unkel ümmer en Vörbild west weer, höll mi fast an dat lütt Stüerhuus. De Regen harr ophöört. Wi kunnen buten stahn. Binnen weer dat ok meist en beten to drang west. De Tante snack blots Ingelsch un ik weer de Eenzige, de ehr enigermaten verstahn kunn. Man dat Översetten för mien Öllern streng mi an. Egentlich harr ik lever noch mal in Roh nadenken wullt över mien Unkel. Ümmer harr he den Ruuch vun de Grote Welt mit na Eckernföör bröcht, wenn he een oder twee Mal in't Johr vun New York röverkeem. Dor harr he sien Arbeitssteed, vele Johren as Public-Relations-Manager för de Lufthansa, denn as Vertreder vun de Stadt Hamborg in New York un toletzt as PR-Minsch op egen Reken. Dat weer al wat! Dorbi harr he nich mal de Jungmann-School to Enn bröcht, as he knapp na den Krieg mit 17 Johr ut Eckernföör utneihen dee. Do weer domals nix to warrn in Düütschland un – dat swiester mien Mudder ümmer – do harr dat en lege Leefschop geven. So gung he röver in de Nie'e Welt, neem al twee Tanten vun em leven un ok en anner Süster vun mien Mudder un em al vun Frankfurt ut rövergahn weer. Un denn fung de Loop an un verdenen Geld. Toeerst as Uthülp bi en Elektriker – dat weer al ümmer sien groot Hobby west, wenn he in Kriegstieden un foorts dorna in de lütt Böhnkamer an'n Doomsdag sik sülvst en Radio buut un in den Goorn achter't Regenhuus den sülvst anbuten Tobak mit en Alarmanlaag sekert harr – denn fung he an bi een vun de gröttsten Koophüüs in New York in de Warfafdelen, un vun do an güng dat ümmer wieder na baven – so as een sik dat in Amerika ümmer vörstellen deit. As ik em 1970 dor besöken dee, harr he en smucke Wahnung op de anner Siet vun den Hudson. Dor in den Stroom dümpel sien Seilschipp un de Ford Mustang in de Garaasch runn dat Bild vun en Minsch af, de to wat kamen weer. Poor Johren later verkeek he sik denn in sien Klaveerlehrersche, de ut Süüdkorea röverkamen weer, un de beiden smeten ehren Migranten-Achtergrund tohoop.

De „Isolde" böög sik nu en beten op de Siet. Bi Däänsch-Nienhoff gung dat na Backboord röver. Güntsiet, enerwegens twüschen düüstern Bradden un Daak, much woll Waabs liggen un denn keem doch wat vun Eckernföör in Sicht. De Heven kloor op, de Sünn kroop twüschen de Wulken dör. De TVA-Süüd düker op, an de anner Kant Borby, dorvör de Haven un op halven Weg na Süüden to dat blenkern Huus vun Grootvadder Akke Nulle, „Kiek in de See". Den Ökelnaam harrn se em geven, wieldat he en groten Fründ vun den afghaanschen König Abdullah west weer – so worr vertellt. Oder harr dat wat Latiensches an sik: Aqua nulla – keen Water? Denn dat weer wiss nich dat Drinken, wat in „Kiek in de See" an mehrsten över'n Tresen güng! Un de ole Lüchttoorn keem twüschen de Bööm in Sicht. Jümmers harr ik de Ferien in Eckernföör tobröcht, bi Oma un Opa an'n Doomsdag, un elkeen Middag weer ik to Foot na dat Hotel op den Strand lopen, mehrstentiets an den Olen Lüchttoorn lang, op den lütten Stieg, de jüst so op un daal güng as de Bülgen nu jüst wedder, as uns Teel ümmer neger keem.

Wenn ik mit mien Unkel an de Steilküst langlopen weer, wenn he mal wedder to Besöök weer, ümmer denn vertell he mi, wo geern he hierhen mal wedder torüchkamen wörr. Dat grote bunte Leven güntsiet achter den groten Diek, de Bedüden, de he dor harr, all dat Vörankamen vun de niege Tiet – „Jem sünd hier noch 20 Johr achter uns torüch!", meen he denn ümmer un heel de Nees tämlich piel na baven – all dat harr nienich holpen un kriegen all sien Lengen na sien Heimat ut den Kopp. Nix kunn em sien Eckernföör utglieken, nich mal dat dralle Leven in een vun de gröttsten un modernsten Städer op de Welt.

Nu weer dat to laat. Veel Johren weer he nich mehr dor west. Harr dat ümmer noch mal vörhatt. Wull noch mal över de Klappbrüch in den Haven gahn, an den Olen Lüchttoorn vörbi, nerrn an de Steilküst över de Steen klattern un denn baven op de Kant dör den Woold torüch, villich ok noch mal, wenn de Knööv dat tolaten wörr, noch mal rund üm dat Noor wannern. Dat weer nu nix mehr worrn.

De Kaptein stopp de Maschien, de Bülgen weren wat sieder worrn, „Isolde" dümpel nu blots noch en beten hen un her. De trurige lütte Truersellschop kroop wat neger tohoop, twüschen Stüer- un Vörhuus. De Tante lang de Oorn ut en Stoffbüdel mit en Bild vun dat Frieheitsdenkmal vörn op un drück se heel vörsichtig, meist as wenn dor noch Leven in weer, den Kaptein in sien brede Füüst. De funn fierliche Wöör, vun Lengen na de Heimat, vun de See un vun Eckernföör, vun Torüchkamen un Ankamen un de allerletzt Reis. Denn sett he den Aschenputt vörsichtig op de lütt Rutsch un leet em sinnig över Boord na nerrn glieden. Mien Unkel düker in dat Water vun sien leefste Oostsee, dümpel noch heel kort över den griesen opwöhlten Spegel un sunk denn na nerrn, op den Grund wiet buten vör Eckernföör. He weer na Huus kamen. De Tante ween. Ehr worr kloor, wat se alleen wedder över den groten Diek muss, torüch na Kalifornien, neeg bi de mexikaansche Grenz, neem se de verleden Johren tobröcht harrn un neem se nu alleen weer. Un wi annern, uns stunn mien Unkel heel dicht vör Ogen, so as he west weer, as wi em nicht vergeten wüllt. De Kaptein tipp mit de rechte Hand an sien Mütz. Heel sinnig leten wi en poor Rükelbüsch över de Kant op dat Water daal. Dor dreven se noch lang as bunte Farvplacken över dat griese Water, noch ümmer, as wi al lang wedder ünnerwegens weren na den Haven to. De Positschoon vun mien Unkel worr in en Seekort fastholen: Op den Grund vun de Oostsee, liek vör sien Eckernföör. Un mit Navi jümmers weddertofinnen.

Junge Lüüd

En warme Bries

He weer woll doch noch inslapen. Harr he dat blots dröömt, wat dor wat Koles an sien rechte Been langstreken weer? Noch halv in'n Slaap versöch he, den Kopp vörsichtig hoochtobören un an sien öölblenkern, bruun brennten Lief rünnertoplieren. De Sünn schien al meist halv in den Strandkorv rin. Egens kunn he sik högen över dat Geföhl, wat miteens över em kamen weer un em waken maakt harr. Dat harr em villicht sogar en legen Sünnenbrand spoort.
„Entschuldige!" De Stimm keem ut de Richt vun sien Fööt, weer dünn un liesen. Hermann böör den Kopp noch en Stück hooch, heel de linke Hand över de Ogen un do seeg he den lütten Bagaluut: en Jung, villicht söss oder söven Johren oolt, de an't Footenn vun sien Korf stunn, nakelt bet op en blöömte Baadbüx, de ünner de Foolt vun den lütten Buukring daalrutscht weer. He keek den olen Mann liek in de Ogen un liekers seeg he ut, as wenn he en slecht Geweten harr. In sien rechte Hand höll he en blauen Plastikammer, smückt mit en opmaalten Blomenstruuß, de Henkel blots noch in Stücken doran. En beten Water platsch dorin un gröne Algensalaat.
„Du warst also der Schlingel!", gnurr Herrmann. „Kannst du nicht ein bisschen aufpassen und Abstand

halten von den Strandkörben?" En Verkehrsföhren weer nich verkehrt, güng em dör den Kopp. Oder beter noch en Strand heel ahn Kinner – wat för en Segen, wat för'n himmlische Roh! „Der Strand ist doch wohl groß genug", sett he noch dorto un keek den Klabauter nich jüst fründlich an.

„Ich bin gestolpert", stamer de nu, „und da ist was aus meinem Eimer rausgeplatscht."

Tominnst weer de Bengel nich ok noch utverschaamt, as dat jo hüüttodaags meisttiets al de Regel is. Hermann nehm den Kopp wedder daal, kneep de Ogen to. „Schon gut", brabbel he un wull man blots wedder sien Roh hebben.

„Bist du ganz allein hier?", keem dat nu vun't Footenn. Sellige Fraag! „Das siehst du doch!" Kunn he denn nich opletzt wedder afhauen?

„Ich bin mit meiner Mami hier", vertell de Lütte, ahn dat em een fraagt harr. „Sie liegt dahinten." Un mit en wieden Dreih vun sien linken lütten Arm wies he över den hitten Sand weg na en Kuhl, ut de bunte Stoffklatten opflappen deen. De ole Mann keek nich hen. En kole Wind suus twüschen de beiden dör. En Bülg knall op den Sand.

„Na", anter he kort.

„Dann will ich mal wieder", mell sik sien Besöker nu wedder, un Hermann aten op, as he mit en korten Blick den Jungen afhauen seeg.

De Mann harr sik dat anwennt, in'n Sommer elkeen laten Namiddag buten an'n Strand to wesen. Jümmers an de glieke Steed blangen „Robinsons Hütte", den bannig hooch opragen Pahlbu, in sien leefsten Strandkorv

Nummer 944, de elkeen Jahr för em reserveert weer, sietdenn Hanna dootbleven weer. Se harr nienich veel vun't Water holen. Meisttiets weer ehr dat to rusig buten, nich kommodig noog. Dat Water kunn se nich af vunwegen all de lütten Gefohren, de dat för unöövte Swömmers hett mit sien Veehtüüg, de scharpen Musseln oder dat smeerige Watt. Se harrn ehr Frietiet tohoop in den Goorn tobröcht, jüst achter'n Diek, un he harr sik dormit affunnen, wat de frische Bries vun de See ok bet dorhen keem.

Man knapp harr he ehr ünner de Eer bröcht, harr he den wieden Strand un dat wille Meer vör St. Peter-Ording to sien niege Leevste maakt. De Kopp fung automaatsch an to arbeiden, knapp, wat he den Foot över den Diek sett harr, heel frie to arbeiden. Sien Leven, dat eensam worrn weer, leep denn ümmer vull vun Roh mit em wieder.

Knapp harr he an'n neegsten Dag den Korf in de richtige Laag bugseert, dat Rüchdeel so wiet na achtern stellt, wat he kommodig liggen kunn, un de Footbank uttrocken, do stünn de lütte Jung al wedder dor, neem he em güstern to'n eersten Mal sehn harr.

„Na, Onkel, bist du auch wieder da?", fraag he so blangenbi.

De ole Mann sett sik op. „Und du? Willst du mir heute wieder kaltes Wasser aufs Bein schütten?", geev he torüch un wunnerwark, wat he överhaupt antert harr.

„Nein, nein", strahl de Klabauter över sien runne Backen. In sien fiene Blondhoor wöhl en lichte Bries, de vun See her den Sand opwarvel. De Sünn strakel sien fründlich-glatte Gesicht.

„Ich will eine Seenadel fangen!", keem dat Verkloren för

den Weg. Vun sien Mudder dor in de Kuhl neeg bi't Land na dat Water rut mit all sien Schätze un an den Korf vun den Olen vörbi. De seeg denn ok den Ketscher, de dütmal mit den Ammer tohoop to de Packelaasch vun den lütten Forscher tohören dee.

„Sag mal, wie heißt du eigentlich?", froog Hermann un freu sik al dorop, wat de Jung to Fischfangen afhauen wörr un he sik opletzt wedder sien Gedankens överlaten kunn.

„Willi", keem dat as ut en Pistool schaten. „Und du?"

„Hermann." He kunn sik knapp dorop besinnen, wannehr he sik dat letzt Mal vun en Kind harr mit ‚du' ansnacken laten. „Und wo kommst du her?"

„Aus Köln."

„Donnerwetter, das ist ja weit weg", kommenteer de Ool un wull liekers nich foorts wedder loslaten: „Da wohnt eine alte Cousine von mir."

Dormit kunn Willi nix anfangen. „Ich muss jetzt los", see he kort. „Bis nachher!"

En Veertelstünn later weer he wedder dor. Hermann kreeg sik faat dorbi, wat he al töövt harr un af un an na den Jungen keek. En knapp noch kennte Geföhl vun Sorg harr em tofaten kregen, as he den lütten Minschen dor buten an de Kant vun dat wille Meer seeg, wat undüütlich gegen dat flimmern Licht vun den hitten Dag. Un würklich harr Willi en Seenadel fungen.

„Da hast du aber gewaltiges Glück gehabt", lööv de Ool dat Kind.

„Weiß ich", keem dat kloor un düütlich torüch.

„Wusstest du eigentlich, dass die mit den Seepferdchen verwandt sind?"

„Ja. Ich hab schon mal eine gehabt. Mein Papa hat mir gezeigt, dass sie wie ein Stück Tang ganz still im Wasser treiben."

„So, dein Papa." Hermann dach nich na vör sien neegste Fraag un arger sik achteran över sik sülvst. „Und wo ist der nun?", harr he foorts achteranschaven.

„Oben bei den Engeln", keem dat Verkloren stracks, un de Lütte kemen Tranen in de Ogen.

„Das wusste ich nicht", stamer de Ool un trook dat Kind na sik ran in den Strandkorf. Ut den Stoffbüdel, den Hanna noch bemaalt harr un de nu ümmer all sien Strandkledaasch bargen dee, trook he en Daschendook un dröög den Jungen dat Gesicht.

„Das konntest du ja auch nicht", trööst Willi den Mann. „Mein Papa war sehr krank", verkloor he tapper wieder, „und nun geht es ihm endlich wieder gut." Sien Ogen gleden na baven na den strahlen blauen Heven to, an den sik de Sünn jüst achter en witte Schaapswulk versteken wull. Ahn Nalaten weih en warme Bries üm den Korf. Hermanns Ogen gungen torüch na de Kuhl, de de Jung as sien Strandheimat angeven harr. De Stoffklatten flappen, deep in den Sand huukt seeg he en daalbagen Rüch. Wiet achtern trook sik de Dünenkeed twüschen Strand, Diek un Dörp lang. Doröver blenkern die Dacken vun St. Peter-Ording in de grelle Sommersünn.

„Wie geht das?", mell sik in de Roh rin dat Kind an sien Siet.

„Was meinst du?" Dor seeg Hermann den Strandseiler, de in sekern Afstand vun de Baadgäst sien lieke Bahn trook.

„Da ist doch kaum Wind", sett Willi dorto.

„Ja, weißt du, die sind so geschickt gebaut, dass sie schon bei wenig Wind über den Strand fahren können. Die Räder laufen ganz leicht, der Wagen ist aus leichtem Kunststoff und das Segel ist sehr groß. Wusstest du, dass der Mast über sechs Meter lang ist?", wenn he sik an den Jungen.

„Nein. Wieviel ist das – sechs Meter?"

Dat harr he weten musst. En Sövenjohrigen harr noch keen Geföhl för so'n Maten.

„Na, mehr als dreimal so hoch, wie ich groß bin."

„Baah", wunnerwark Willi.

As Hermann avends na Huus keem, föhl he sik glücklich. En Geföhl, vun dat he glöövt harr, dat nich mehr nödig to hebben. Alleensien, Roh un dat Seggen över sik sülvst kunnen för em noog wesen. De Jung harr em vertellt, wat he mit sien Modder in dat Kurheim liek an den Strandövergang al vele Daag lang wahnen dee. Dor schull he sik vun sien gresigen Hosten kureren, de em bi 't Huus meist elkeen Nacht plagen dee un den he hier al meist vergeten harr. Jüst so lang, as he nachts vun dat Hosten waken worr, harr sien Modder mit Kopppien to doon. Dat weer woll kamen, as sien Papa doot bleven weer.

Neegsten Dag kraam Hermann en halve Stünn fröher as sunst sien Kledaasch för den Strandgang tosamen, heel un deel wat Nieges för em un sien Akraatheit, de he sik vun sien fröhere Schalterarbeit torüchbeholen harr. Knapp an den Korf ankamen, güngen sien Ogen röver na de Kuhl. Keen bunte Döker flappen dor, keen Ammer stünn op den sieden Wall, keen Ketscher maak sien Nett apen as de Fahn vun en lütten Forscher in'n Wind.

Schadden susen över den Sand, de Sünn verkroop sik achter griese Wulken, Hermann worr freren. De Jung weer nich dor.

In't Kurheim verraden se em sien Adress eerst denn, as he tüünt harr, he harr den Jung en Buddelschipp verspraken. Un dat kunn he em nu nich mehr geven, wieldat he al fröher afreist weer, as he em dat vertellt harr.

Dank den leven Herrgott för en Rentner sien Frieheit! Cousine Bertha in Köln tööv al lang op en Besöök. Man goot, wat de Bahnschalter an'n neegsten Morgen al so fröh apen maken dee.

So en dösige lütte Göör

„Nu bliev doch blots eenmal op dien veer Bookstaven sitten!" De Jung verfehr sik rein wat, as he miteens so anbölkt worr. Man denn huuk he sik doch daal op sien Stohl, reet de Klüsen wiet op un dee tominnst so, as wull he nu heel nieschierig toluustern.

Ok de Schoolmester harr sik wedder tofaten kregen. Ümmer düsse Arger mit Hannes, düssen Bengel, de enerwegens wat to fummeln harr, nienich still op sien Platz sitten kunn un meisttiets ok noch mit de Deerns an't Snötern weer. Anners wörr em de Plattdüütsch-Stünn, de se an de School in düt Schooljahr eerstmals inricht harrn, veel mehr Spaaß maken. Denn harrst meist seggen kunnt, dat weer en reine Freud. De twölf Jungs un Deerns ut de achte Klass weren alltohoop friewillig in de AG, de nu eenmal de Week för twee Stünnen anbaden worr. Se harrn veel Spaaß bi't Lesen vun de plattdüütschen Riemels un Geschichten, de he ümmer wedder rutsöcht harr.

„Un as de rode Avendsünn an den Heven al meist ünnergahn weer", lees Marieke jüst, as sien Ogen al wedder bi den verdorrigen Bengel ankemen. He harr een vun sien Filzstiften uteneenbuut, kreeg dor jüst en lütte Papierkugel rin, de he mit Spütt schiermaakt harr un teel nu al op Marieke, as de Schoolmester wedder losbölk. „Ik heff de Snuut vull vun dien Spijökenwark. Wenn du di nich opletzt mal tosamenrieten deist, smiet ik di rut. Un denn kannst du sehn, wat se för di in'n Kinnergoorn noch wat frie hebbt! Hest du dat nu opletzt begrepen?"

De Jung grien em an, ok wenn he sik wedder düchtig verfehrt harr. Man dor weer so'n Blenkern in sien Ogen, wat de Schoolmester meist noch mehr in Raasch bröch. So'n Blenkern, wat vun de Opsässigkeit herkeem, de reine Leegheit. So jung un al so verdorven, dach de Mann, un ik schall so en rebellschen Schiet ok noch höden. De Öllern köönt een man blots leed doon. De sitt Dag för Dag mit so'n Snösel to.

Na de School keek he noch gau in'n Supermarkt rin. He harr Elke verspraken, Kaakwust för den Gröönkohl mittobringen, de dat hüüt Middag geven schull. Em leep al de Spütt in't Muul tosamen. In düsse Johrstiet weer dat alltomal sien Liefkost. Bi den Slachter stunnen al welk, de woll ok noch gau wat to Middag to besorgen harrn. He stell sik in de Reeg un tell dör, wannehr he denn nu woll an de Reeg keem.

Achter em wöhlt de Minschen in de Regalen, Verköpers loopt dortwüschen, backt Priesen op de Zuckerpaketen, treckt en Palett Tante-Meier-Papeer an em vörbi. Kinner speelt Versteken in de langen Regen. En dünne Stimm seggt: „Laat mi doch ok mal schuven!"

Nich lang, un de Schoolmester fohrt tosamen. En lude Pultern dor achtern twüschen de Regen lett em sik ümdreihen. Dor steiht en lütte Jung, man jüst veer oder fief Johr oolt, höllt de een Hand noch an den Inkoopswaag, mit den he jüst en Blick-Dosen-Pyramied anrempelt hett, un de annere över den Kopp, de al deep twischen de Schullern introcken is. Man dat hölpt em nix. En grote Fuust vun sien füünsche Mudder kummt op em to, sleit em an den Kopp, ümmer wedder, ümmer duller, ok wenn de Lütte noch so dull blarren deit.

Un denn schimpt se ok noch, as weer se heel alleen in den helen Laden: „Du Nichtsnutz! Wozu hab ich dich bloß auf die Welt gebracht? Immer bloß Ärger mit dem schrecklichen Bengel! Nimm die Hand da weg, du Miststück!"

Un denn kickt se sik üm, as söch se Hölp bi de annern. Man dor kickt keeneen. All hebbt dat hild, nu meist noch mehr as vörher, un jachtern dör den Laden, ehren Kraam to söken un an de Kass to berappen. Wat geiht se so'n dösige lütte Göör an?

He dreih sik wedder üm, nu weer blots noch een vör em. „Besuchen Sie auch unser Kinderparadies im 1. Stock!", lees he dat Schild blangen sik. He dach an Gröönkohl un slick sik dat Muul.

Wo kümmt dat Biike-Füer vun?

„Du, Mami, wo kümmt dat Biike-Füer egens vun?"
Mudder kickt ehren Söhn an. Meisttiets is se bannig stolt dorop, wat he mit sien teihn Johr ümmer soveel weten will. Man männichmal is dat ok nich eenfach, em all sien Fragen so to antern, wat he dormit tofreden wesen kann un wat dat vör allen ok noch teemlich de Wohrheit neegkamen deit.
„Ja, weetst du, dat is nich so eenfach to seggen", redd se sik över de eerste Runn un hett so en Stoot Tiet wunnen, eerst mal sülvst to överleggen. Ehr Ogen loopt dorbi över den groten Hümpel ut ole Holtbrääd, Twiegen un de letzten Dannenbööm vun verleden Wiehnachten weg, de nu jüst in sien ünneren Etagen to brennen anfangt. Dorbi knackt un knistert dat luut nerrn in dat Holt, wat de Gemeendearbeiders in de letzten Daag vör den Diek opschütt' hebbt. Meist wat spökelig seht de Minschen ut, de rundümto staht un dorop luert, wat dat Füer sik na baven freten un den Hümpel vertehren deit. De Beerbuddels gaht al siet een Stünn in'n Krink, un ok männicheen annere lütte Buddel mit scharpere Kraam in. Dorto kümmt vun baven, vun den Diek daal en Ruuch na frische Braadwust, de ok Mudder dat Water in't Muul tosamenlopen lett.
„Wat is denn nu, Mudder?", kummt dat wedder vun de Siet. „Weetst du dat nich?"
„Doch, doch", antert se. „Dat grote Füer hebbt de Lüüd fröher an den Strand anmaakt, wenn de Waalfangers wedder op Reisen gungen."

„Woto dat denn?"

„Na ja, se wullen sik vun jüm verafscheden."

Schoolmester Griebe harr de Ohren al spitzt, as de Jung fragen dee.

„Ne, ne, junge Fru, so eenfach is dat nu woll doch nich." Kloor, en Schoolmester mutt dat beter weten, denkt Mudder, un dreiht sik wat mucksch över dat Inmischen na den Klookschieter üm. Ok ehr lütte Hannes is nieschierig wurrn. Griebe is sien Klassenlehrer.

„Dat kummt vun den Petridag", verkloort de nu un höllt den Wiesfinger piel in de Luft. „Dat weer en heel wichtigen Dag fröher in't Dörp. Dor wurrn de Karkenstöhl nie vergeven, dor wurrn Rekens utstellt, Löhne deelwies utbetahlt, to'n Bispill an de School- mesters, do wurrn Prövens afholen bi de Kumfermanden."

„Un woso hebbt se dor en Füer anbrennt?" Hannes is noch lang nich tofreden.

„Ja, wieldat se al an den Avend vörher op den wichtigen Dag opmarksam maken wullen", kümmt de pädagoogsch weertvulle Anter as ut en Pistool.

„Harrn se denn keen Kalenner?" Hannes kann een wohrhaftig männichmal op de Nerven gahn.

Do kümmt Schmidtke vun achtern ran. He is in't Dörp tostännig för de Chronik, un dat al siet tominnst foffteihn Johren. He mutt dat weten. „Dat is doch allens Tüünkraam", meent he denn ok heel sinnig un mit en Blick vun wiet baven op den Schoolmester daal. „Ik will di dat mal verkloren, mien Jung", wennt he sik an Hannes.

Mudder un Griebe köönt nich anners as toluustern.

„Du hest doch sachts al mal wat höört vun unse ole Vörfohren, de Germanen?", forscht he den Teihnjohrigen ut, de blangen sien Mudder steiht un sik jümmers noch nich klöker vörkümmt.

„Ja, avers ik wull ja blots weten, wo dat Biikebrennen herkamen deit", blifft he stuur.

Mudder stupst em mit de Fuust in de Siet. „Wees nich so vörluut!", snirrt se em an.

„Laat Se em ruhig, junge Fru", meent Schmidtke, de dat mitkregen hett. „He hett bannig Glück, dat he hüüt Avend tominnst een Fackmann drapen hett, de em dat afsluuts richtig verkloren kann."

„Phh", maakt de Schoolmester, kickt sien Konkurrent gnadderig an, luustert aver liekers, wat dor woll nu kamen schall.

„De olen Germanen, de hebbt ümmer an düssen Petridag – so heet he na kloor eerst, siet de Christen em so nöömt hebbt – ehr Fröhjohrsthing afholen. Do wurr allens Wichtige besnackt, wat in de verleden Tiet anfullen weer un wat in dat niege Jahr regelt warrn schull."

„Tüünkraam!" De Schoolmester warrt rein wat füünsch. „An den Petridag hett de Kark ehr Zinsen indreven."

„Un dat hebbt se denn mit en grote Füer fiert, wat?" Schmidtke kann sik meist nich mehr holen vör Lachen.

„Avers wo kümmt dat Biikebrennen vun?", piepst dat wedder vun nerrn.

„Mien Jung, laat di man keen Boor opbinnen!" Dat is Börgermester Hansens depe Stimm.

„Wat, weetst du dor ok noch wat vun af?" Dat kummt

meist gliekstiedig vun Schmidtke un Griebe. Utnahms-
wies sünd sik de beiden Koriphäen mal eenig.
„Wat ik hier to verkünnen heff, is nich so'n drögen
Studienkraam, as jem sik mal wedder torechttüünt."
„Segg mal, wat fallt di egens in?", bölkt nu Schmidtke,
un de eersten Lüüd dreiht sik üm.
Ok Griebe is nu deep drapen, to Recht, as he meent.
„Phh", seggt he wedder, will sik al afwennen un de
Waalsteed verlaten, do höört he wedder Hannes: „Wo
kümmt dat Biikebrennen vun?"
Mudder versöcht, em dat Muul totoholen. Man dat hölpt
nix mehr, de Fraag is al wedder ünner de Lüüd un fangt
dor nu an, sik uttobreden as en Süük.
„Waalfangers", höört een an de eene Steed.
„Tüünkraam", krakeelt en anner.
„Dor hest du doch gorkeen Ahnung dorvun", bölkt en
Fru mit schrille Stimm un versöcht, ehr Gegenöver an de
Gurgel to gahn.
„Dor schull de Winter mit verdreven warrn", röppt en
junge Keerl dortwüschen.
„Un wenn du nich foorts dat Muul höllst, denn verdriev
ik di!" De Füüst fleegt.
„Wo kümmt dat Biike..." De Stimm is dünn un liesen.
„Opletzt kunn een na den Petridag wedder in't Helle
eten", kriescht en Fru över den Larm weg un en anner
prügelt op ehr in un röppt dorbi ümmerto: „So'n dösigen
Kraam heff ik noch nienich höört!"
Överall is nu dat Spektakel utbraken. Baven op den Diek
höört een blots noch: „Waalfangers ... Germanen ....
Scheep .... Fröhjahr .... Idioot .... Döösbaddel!"
Un en lütte Jung steiht merrn mang dat Gewöhl, sien

Gesicht warrt anstrahlt vun de Flamm, de nu al hooch opscheten deit över den Hupen un en grelle Licht smieten deit op den Rummel rundümto.

„Wo kümmt dat Biikebrennen vun?", seggt he trurig to sik sülvst.

(na: Kurt Tucholsky: "Wo kommen die Löcher im Käse her?")

Veerbeenig

En Traan rullt em de Back langs daal. Mit de Tungenspitz fangt he ehr blangen den linken Mundwinkel op. Se smeckt soltig, jüst so as he sik föhlt. Un liekers deit em de Traan goot. Nu will he nich mehr wenen. Dor kummt ja doch nix bi rut. He mutt dor dörch. So as ümmer. Dorbi helpt em keeneen. He is alleen mit sien Lengen un sien Pien.

As he vör meist dree Johr in de foffte Klass vun de Realschool kamen weer, do harr he noch Hapen hatt. Opletzt wörr dat vörbi wesen, dat Alleensien in de Grundschool un vörher in den Kinnergoorn. Ümmer harrn se mit em nix to doon hebben wullt. Dat weer se towedder west, wenn em af un an wat Spütt ut den Mund leep, wenn he em mal wedder nich tokreeg. He harr dat markt. Un jüst denn gung dat verdorrige Muul afsluuts nich to. He weer straaft mit en Mund, de een nich tomaken kann, wannehr een dat will.

Un se harrn em anluert, wenn he in de Klass rinlopen keem. Ne! He schüttköppt liesen un smuustergrient wat bitter in sik rin. Lopen kann een dat ok nich nömen, wenn he vörwartskrupen deit. Sien Been harrn noch nienich so wullt, as he dat wull. Faken mutt he de achterna trecken, mit beide Arms swoor op de Krücken stütt, de mit de blauen Grepens bavenan, de em al lang to en tweete Beenpoor worrn sünd. Se hebbt ja Recht, sien Schoolmackers. Jan kickt na baven, neem de Maand as en fründliche ole Fru mit geelrunne Gesicht mang de hogen Barken op em daal grient. Wenn he sik sülvst in'n Spegel süht, wenn he dor vörbislippt, denn mutt een meist menen, he weer veerbeenig. Un kann een dat de anner Jungs un Deerns in de School verdenken, wenn se wunnerwarken doot över em?

Villicht is Papa ok Schuld. Jan treckt de Schullern hooch un süüfzt op. He luert sik üm. Nüms hett em höört. Papa is vör dree Johren uttrocken. Toeerst hett Mama noch so daan, as of he blots för en Tietlang woanners to arbeiden harr. Miteens wörr de Huusdöör opgahn, un Papa wörr wedder vör em stahn, mit sien Kuffer un allens, wat he sunst noch mitnahmen harr. Dor weer Jan övertüügt vun. Man dat keem nich so. Papa keem sünndags, elkeen Week toeerst un denn elkeen Maand. Un nu? Wannehr is he letzt Mal dor west?

„Phh!", maakt Jan un snackt luut un dütlich vör sik hen: „He hett mi un Mama sitten laten!" He is füünsch.

Achter em ruschelt dat twüschen de drögen Blääd vun'n verleden Harvst. De Jung verfehrt sik böös. So gau, as sien ramponeerte Lief dat tolett, fohrt he rüm. Dat is nich gau. Un heel so wiet as sien Mackers ut de sövente Klass sik ümdreihen köönt, geiht dat bi em nich. Wedder ruschelt dat dor achtern, woans dat düüster is. Dor liggt de Jöögdharbarg, woneem se een Week lang op Klassenfohrt in wahnen doot. Wedder harr he haapt. Villicht wörrn se em hier opletzt akzepteren! Se sünd tominnst al anners as domals in de Grundschool. Dor weren welk dortwüschen west, de richtig beestig weren to em. Se harrn em utlacht un schubst un namaakt. In de Realschool weren se liesen. Se maken sik nich lustig över em, nienich. Ne. „Se markt meist gor nich, wat ik dor bün." För en Momang hett Jan dat Ruscheln vergeten.

„Wokeen markt nich, wat du dor büst?"

Jan fohrt op. Dor steiht een blangen em. Dat is en Jung. Jüst dorför langt de Maandschien, de en gaue Schadden över dat Gesicht vun den annern huschen lett. ‚He is meist jüst so oolt as ik sülvst', kümmt Jan dat vör.

"Och nix!", seggt he batz. De Jung töövt op en Anter. He lett sik blangen Jan in't Gras plumpsen. Dat is ümmer noch warm. Den helen Dag över hett de Sünn schient un de Klass hett en groot Wannern maakt rund üm den See to. As se torüchkemen, jüst to Avendbrottiet, weren se twei un schimpen op Herrn Hansen, ehren Klassenlehrer, wat de so wiet mit jüm lopen weer. Man Jan harr nipp un nau markt: Se harrn bannig veel Spaaß hatt ünnerwegens. Un he harr den Dag in de Jöögdharbarg tobrocht, ünnen op en Bank an't Water, harr sien Musik höört, en beten leest un sik röverdröömt an't anner Över, wo sien Mackers weren. En Deern harr em mit Duern in't Oog ankeken bi't Avendeten.

„Büst du ok mit dien Klass hier?" De Stimm vun den annern Jung deit em goot. He kann Jan knapp sehn. De sitt in'n Schadden vun en hoge Bark.

„Ja, bün ik", antert Jan. Egens will he al wedder afbreken. Man denn bruust dat miteens rut ut em. He vertellt vun de Fohrt mit de Iesenbahn, vun sien Klass, vun Alex, de se meist op den lütten Footmarsch na hier verloren harrn. Un he swiggt still doröver, wat se em mit Auto vun de Jöögdharbarg afhaalt harrn. He vertellt vun Herrn Hansen, den he egens mag un de em mag. Dat weet he. Ok wenn de Schoolmester af un an mehr dorför doon kunn, wat de annern em opnehmen doot in ehren Krink. Aver dwingen kann he jüm nich.

De beiden Jungs snackt un snackt, lacht, gnuchelt un roopt röver na den See. En poor Vagels verfehrt sik un antert vun wiet her.

„Woans heetst du egens?", fraagt Jan den annern.

„Rickmer", seggt de.

„Gediegen Naam!"

„Dat kummt ut dat Freesche. Mien Öllern kaamt vun en Hallig."

Denn stött Rickmer an een vun Jans Krücken. Jan markt dat an dat dröge Klötern vun sien Tosatzbeen. De Larm is em vertruut as annern dat Knacken vun ehr Knakens. Jan smeckt de Traan op de Lipp.

Rickmer böhrt de Krück hooch in't Licht vun den Maand.

„Bruukst du de?" He dreiht sik na Jan to un versöcht, em in't Gesicht to luern.

„Ja, Gotts leider!" Jans Stimm is liesen. Meist weiht de moie Bries, de vun den See över de Wischen trecken deit, de Wöör weg.

Dor kümmt miteens en Ropen vun achtern, vun't Huus. „Rickmer!" Un noch mal: „Rickmer! Betttiet!"

De Jung blangen Jan steiht op. He maakt en Stapp op dat Huus to. Dor dreiht he sik noch mal üm.

„Kümmst du morgen Avend wedder her?", fragt he liesen un denn: „Ik tööv op di."
„Ja", swiestert Jan un he markt, woans em en beten Spütt ut den Mund löppt. Man dat is düüster.

Flickwark

Ik bün en Disch. Siet vele Johren stah ik nu al bi Familie Strohbütt. Ik bün en Eetdisch, un jüst dor bün ik heel stolt op. Denn weetst du, en Eetdisch, dat is bi uns Dischen dat Best, wat du wesen kannst. En Couchdisch, de is meist blots för de Beerglöös dor, för dat Knabberkraam, för den Aschenbeker. Ok mal för en poor Tallilichten, dat is wohr. En Arbeitsdisch, de is meisttiets towöhlt mit all ehren Kraam, de warrt faken natt vun de Sweetdrüppels, vun Tranen, dor warrt op inprügelt, wenn se mal wedder wat nich trechtkriegen doot, so, as se dat wüllt, dor warrt an schimpt.
Aver en Eetdisch, den möögt se geern. De warrt männichmal moi opdeckt. Denn kriegt se ehr best Geschirr ut't Schapp, de fiensten Tallilichten, Munddöker. Un denn fohrt se allens op, wat se vörher in de Köök brutzelt hebbt. Un denn geiht dat al vör't Eten hooch her mit „Mmmh" un „Ohh". Dor loopt se de Ogen över un löppt se dat Water in't Muul tohoop. Dor plinköögt se sik to un af un an geevt se sik över mi röver en Söten un swiestert sik liese Wöör vun Leevde in't Ohr.
So'n Eetdisch bün ik. Hüüt hett Axel sien Achteihnsten. An't Wekenenn will he mit sien Frünnen an'n Strand

fiern. Se wüllt grillen un düchtig een vertehren. Veel to jung, segg ik di! Un ik weet dat. Bi mi hett in de 85 Johren, de ik nu al bi de Minschen stah, al männicheen dat Spiegen anfungen. Meisttiets kunnen se noch weglopen, na de lütt Kamer hen, wo ik noch nienich rinkieken kunn, woneem se af un an sitten doot un so gediegen vör sik hen janken doot un dorna ruuscht dor ümmer dat Water. Aver du sühst nix dorvun. Mien veer Been blievt dröög.

Weetst, wat mien groten Vördeel is? Ik kann all baven bekieken un toluustern un ik kann dat nerrn ok. Baven, dor snackt se, pliert sik to, grient över't hele Muul. Aver nerrn, dor geiht dat mitünner heel anners to. Dor kniept se de Been tohoop, kleit sik af un an, woneem en vörnehme Minsch dat nich doon schull, perrt ok al mal den blangen sik op'n Foot. Baven, dor rüükt se na Sireen un Vanill, nerrn, dor föhlst du di af un an as in'n Fischladen. Un mi kannst du dat glöven. Ik heff en fiene Nees, ok wenn du ehr nich sehn kannst.

Hüüt kümmt Axel sien Familie. All hebbt se toseggt. Ik bün al trecht. Se hebbt mi langmaakt. Ik föhl mi denn ümmer so'n beten leddig in'n Maag. Man bavenop heff ik en Barg to bören. Tellers staht glieks överenanner. Nich blots een Glas op elkeen Platz, jeedeen Minsch kriggt dree Stück vun jüm henstellt. Knieven liggt dor – ik mutt di seggen, för de heff ik ümmer groten Respekt! Gavels, Lepels, Döker, vulle Buddels, Tallilichten. Dat hett allens Gabi maakt, de Fru vun Axel sien Vadder.

Nu kümmt Axel rin.

„Dat süht ja al heel moi ut." He strakelt mi vörsichtig över dat witte Kleed, wat se mi övertrocken hebbt.

Blots nerrn, dor bün ik as elkeen Mal ok hüüt wedder nakelt. „Nu köönt se kamen." Axel treckt sik een vun de Stöhl mit de hogen Lehns vör, de Gabi so fien utricht harr, as deen se Deenst bi de Suldaten. Axel lett sik swoor rinplumpsen. „Ik freu mi, wenn se al wedder weg sünd."

Vadder hett dat höört. He steiht in de Döör. „Nu wees man nich so undankbor. Du schullst froh wesen, wat dat bi uns noch en Familie gifft, wat wi noch tohoopkamen doot, wenn mal wat to fiern is. Ik kenn so veel Lüüd, dor stimmt heel un deel nix mehr. Dor sünd se sik blots noch all an't Strieden." Axel kickt em an. Seggen deit he nix. „Un överlegg mal, se bringt di all wat mit."

„Och, Vadder, dat geiht doch nich blots ümmer üm't Geld!"

„Wat stöört di denn?"

„Dat weetst du doch. Ik heff di dat doch al en poor Mal vertellt. All dat dösige Snacken, dat interesseert mi en Schiet. Un du weetst doch jüst so goot as ik: Kamen doot se doch blots vunwegen dat Eten un villicht ok noch, wieldat se de, de nich dor sünd, denn ümmer goot den Rüch oprieten köönt."

„Axel, dat sühst du to düüster. So is dat denn ok nich. Nu tööv man af! Dat warrt al wedder kommodig wesen. Du hest sülvst dorna al faken seggt: So leeg weer dat ja doch nich!"

Dat pingelt an de Döör. Ik höör Gabi opmaken. Ehr Öllern staht buten. Groot Gemurmel, Jackens warrt ophungen. Denn kaamt se rin.

„Oh, wat hebbt ji dat schöön maakt. En wunnerschöne Disch!"

Hest dat höört? Dat gung op mi.

Axel blifft sitten. Langt sien Hand röver. „Moin, Lisa, moin, Hermann! Hebbt ji en gode Fohrt hatt? Schöön, wat ji dor sünd." He sleit de Been överenanner un wippt mit dat een hen un her.

Lisa un Hermann treckt twee Stöhl rut.

Axel bölkt na de Köök. „Gabi, bringst mi gau mal wat to drinken? Ik heff Döst."

Vadder antert: „Kannst dat nich sülvst, du Fuuljack?"

Dat pingelt wedder. Susi ist dor. Dat is Gabis öllste Dochter. Mit ehr schrille Stimm begrött se ehr Mudder. Axel krallt de Fingers to twee Füüst.

Susi steiht in de Döör. Gabi hett ehren Arm üm ehr Schuller leggt. Axel kickt nich hen. „Moin!", seggt he, „büst jo ok al dor." De Füüst gaht op un to.

Dat pultert op de Trepp. Lütt Hannes kümmt rin, Axel sien Halvbroder. „Nu nehm em doch mal op'n Arm!", kummandeert Gabi. Axel geiht dat Gehampel op sien Schoot bannig op de Nerven. Mit dat rechte Been sleit Hannes sien Halvbroder ümmer so'n beten an't Knee. Susi hett en to enge Büx an. Baven kickt ehr Tanga rut. Rund üm mi to is en groot Rhabarber togang.

Mit dat linke Vörbeen kann ik in de Köök pliern. Vadder strakelt Gabi över'n Achtersten.

Dat pingelt. „Ik gah al", röppt Axel. Hannes warrt in de Eck afstellt un fangt an to blarren. Buten steiht Oma. Axel fallt ehr üm den Hals. Ik spitz mien Ohren. „Wat ik mi freu, dat du dor büst!"

„Ik mi ok, mien Jung. Un ik graleer di ok vun Harten."

„Du büst de Eerste", seggt Axel.

„Un Mudder?"

„Se hett sik wedder nich mellt. Aver villicht hett se ja wedder so veel üm de Hannen. Letzt Johr hett se ok en poor Weken na mien Boortsdag noch schreven. Ik will ja gor keen Geschenk. Ik will doch blots, wat ik mark: Dat gifft ehr un dat gifft mi."
Axel rifft sik dat Oog. Oma schüttkoppt.
Denn gaht se na binnen, de Fier geiht los. Un ik merrnmang.

Feriendaag in Eckernföör

En Junidag in't Johr 1960. Sommerferien. Instiegen in Viööl. In dat ole Karkdörp twüschen Husum un Flensborg leev he mit Mudder, Vadder un Süster. Kamen weren se vun Eckernföör. De Busfohrer weer sien Vadder. Jümmers verkroop he sik wiet na achtern, op de letzte Bank. Dor wipp de gele Mercedes-Postbus mit de lange Snuut so schöön op un daal, sünnerlich op de Grandstreek twüschen Buxlund un Sollbrüch, wo noch keen Teer op weer. Ümstiegen in Sleswig, ZOB. Vadders Streek güng torüch över Viööl na Breedsteed. Sien Jung harr he aflevert bi en Kolleeg, de wiederfohren dee bet na Kiel. Utstiegen in Eckernföör. Meist weer dat scheef gahn. De Fohrer harr den Jung vergeten. An den Sandkroog wull anners een nich utstiegen un dat duer en Stoot, bet he sik na vörn dörwrangelt harr. Vun den Bahnhoff Olenhoff muss he torüchlopen bet na'n Doomsdag.
Namiddags klopp dat bi Oma un Opa an de Huusdöör. Jens stünn buten, de Ferienfründ vun blangenan, lütt Kist

ünner'n Arm. Dat pladder vun baven. Kumm rin, warrst ja natt! Wüllt wi spelen? Hest al nie'e? Ne! Man villicht krieg ik hier noch Geld un kann mi een kopen. Oder wi köönt tuuschen. Twee Kisten worrn utpackt, vull mit lütte Wiking-Autos, liek so maakt as de groten, welk dorvun al mit meist so wat as Glas in de Finstern. Omas Perser weer dicht seit mit bunte Musters. De worrn to Straten, Plätz, Hüserblocks, Water, Wischen, en ZOB, Warksteden, Ladens. Un denn susen, knattern, brummeln, sprütten de lütten Autos dor lang. De hele Welt weer en Perser, de Lippen worrn spitzt un fransten ut – brmm, brmmmm.

Neegsten Dag strahl de Sünn över de Bucht, de blaue Heven lach op de Jungs daal. Se lepen dör dat Holt vun Olenhoff, de eene as Old Shatterhand, de anner as Winnetou. Sülverbüss ümhangt un den Henrystutzen, Feddern op den Kopp un en Cowboyhoot, Colt un Mess achter'n Liefreem. Wat in de Böker stunn – Woveel hest Du al leest? 14! Wat, nich mehr. Ik 19! – worr Woort för Woort naspeelt. Olenhoff leeg in Amerika, buten blenker de Pazifik, Mammutbööm wegen sik in'n Wind. Karl May worr wedderboren in Eckernföör. Op den Weg torüch tellen Old Shatterhand un Winnetou de Autos, de vörbi kemen. Veel weren dat nich. Jens tell de Opels, sien Fründ de DKWs. Wokeen de mehrsten harr, de harr wunnen. Man DKWs geev dat nich so veel.

Namiddags gung dat an den Strand. Ümmer de sülvige Steed: de Friestrand bi de TVA-Süd. Bi den Bunker daal, weg mit de Ledderbüx un rin in't Water, liekegaal, wat dat 15 Graad harr oder 20. Dat schöönste weren de

Bülgen bi Oosten Wind. Dor wurr sik gegenan smeten, ünnerdör dükert, mit Tang smeten, Seenadels fungen un lütte Bütt. Keen Dag geev dat ahn Baden, dor harr de Welt al ünnergahn musst.

Denn weer Wekenmarkt. Oma nehm em mit hen. Se weer 45 as Flüchtling ut Schlawe in Pommern bi Opa inwiest worrn un dor hangen bleven. He weer Weetmann un so smeten de beiden ehr Plünnen tohoop. Op den Wekenmarkt hannel se geern. Een Mark foftig dat Pund! Ik geev een Mark, dat mutt langen! Wat weer em dat ümmer pienlich.

Denn noch op den Karkhoff. Vörher över de Klappbrüüch. Weer en beten wackelig in de Merrn. Dat maak em ümmer en beten bang. Wenn de nu doch opgung un he full daal, op de Fischerbööd dor nerrn? As he swimmen kunn, worr dat sinnig beter. Op den Karkhoff legen de Vörgrootöllern ünner hoge Bööm. En beten den Barg hooch, blots dat Jiepern vun de Vagels rundümto. En Steed to'n Utrohen.

Namiddags wedder in't Holt vun Olenhoff. Villicht kaamt de Pilzen al. Hett düchtig Regen geven de letzten Daag, un bannig warm weer dat denn ok. Verleden Harvst harr Oma wedder düchtig Steenpilzen funnen un em wiest, woans he se vun den Gallenröhrling ünnerscheden kann. Ok mit den Düvelspoggenstohl kannst du se nich verwesseln. De is jümmers root an den Foot. Un heel smacklich is ok de Botterpoggenstohl! Kiek mal, geel as Botter! Dor, in dat Bombenlock, dor staht noch welk.

Morgens reep Opa jümmers: Reise, Reise! All Mann rut ut de Hangelmatten! He weer bi de kaiserlich Marine west. Un avends heet dat: Sleep you very well in your wackelig Bettgestell! Wenn de Jung wat op Broot wull: Wenn du Wusst hebben wusst,… un Kees, de nich düchtig mucheln dee, harr sien Naam överhaupt nich verdeent. Na dat Middageten hau sik Opa ümmer för en halve Stünn op't Ohr. Oma legg denn en Patience. De Jung leep den Lüüchttoornweg langs na dat Hotel vun sien anner Oma und Opa. Dor maak he sik sülvst en Iesbeker, bet baven vull un denn noch mit Slackermaschü.

An den letzten Feriendag drück Opa em en Schohkarton in de Füüst: Gah man in den Iesladen un maak em di full mit Söötkraam. En Inladen in't Schlaraffenland. In Viööl kregen sien Maten dat Muul knapp noch to. Opa harr ok noch mal heiraadt. Sien eerste Fru weer mit een vun sien Muskanten dörbrennt. In de dörtiger Johren weer dat west. Do hett he sik denn een ut Brannenborg haalt. Oost-West-Grootöllern all beide. Opa fohr en olen Opel Kaptein. Dor binnen sitten, dat weer as in en amerikaanschen Stratenkrüzer. He hööp, se kunnen em ok all sehn buten op de Stiegen!

Torüch na den Doomsdag gung dat mit den Stadtbus. Oma harr em mehrstiets de Teihnerkoort geven. Un Opa ut't Hotel geev em denn noch Bores dorto. He wuss ja nix vun de Teihnerkoort. Vun den Winnst worrn Fix un Foxi-Heften köfft, in den Kiosk nerrn an'n Doomsdag, un in de Mansardenstuuv en poor Mal dörsmökert. Jens lees lever Micky-Muus.

Denn weren de Ferien to Enn. Instiegen in Eckernföör, ümstiegen in Sleswig, utstiegen in Viööl. En Veerdeljohr op't Land, spelen bi de Buern, in't Holt, an de Arlau un denn weer dat opletzt wedder so wiet: Feriendaag in Eckernföör.

Mudder-Vadder un Vadder-Söhn

Man ik speel blots mit, wenn ik de Vadder wesen dörv!
Och, Sven, nu tier di doch nich so! Du weerst de letzten dree Mal al de Vadder. Hüüt musst du de Söhn wesen!
Nathalie, ik will aver!
Nu hool doch op! Du büst sounso de Jüngst vun uns all. Dor kannst du gor nich de Vadder wesen.
Woso? Pia is en Deern. De kann doch heel un deel nich den Vadder spelen!
Doch, kann ik woll. Dat gifft ok Familien, dor sünd twee Fruuns Mudder un Vadder.
Tüünkraam, woans schull dat woll gahn? De köönt denn doch gor keen Kinner kriegen!
Pia, gah mi vun de Jack! Wi mööt dat doch nich glieks utproberen! Ik weet ok nich, woans de Kinner kriegen doot.
Is mi ok enerlei. Wi hebbt mit Sven al noog to kriegen!
Dörv ik nu de Vadder wesen?
Ne, du büst de Söhn …. Nu fang noch an to blarren! Neegst Maal büst du wedder de Vadder. Dat verspreekt wi em, oder, Nathalie?
Mal kieken. So, nu sett sik daal. Dat gifft Middag.
Man wenn ik al de Söhn spelen schall, denn bün ik nu noch in de School.
Nu kaam doch nich wedder dormit an! School is doof. Kaam na Huus nu!

Drrrring!
Wat schall dat denn, Sven?
Ik heff pingelt.
Woso? Du hest doch en Slötel! Pia, laat em mal rin!
Segg mal, bün ik nu de Vadder oder nich?
Heff ik doch seggt.
Denn dörvst du mi ok nich so rümkummanderen!
Rüm… wat?
Rümkummanderen. So as en General en Suldat wat seggen deit, wat he denn doon mutt.
Siet wenn maakt dat denn de Vadder un nich de Mudder?
Bi uns al ümmer.
Mann, dien Mudder deit mi düchtig leed.
Mutt ik hier noch lang buten stahn? Nu maakt doch opletzt mal de Döör op! Ik fang al an to freren.
Sven, du tüünst doch wedder. Dor, wo du steihst, is dat jüst so warm oder koolt as hier bi uns. De Döör billst du di doch blots in.
Sühst du, Pia, nu blarrt he al wedder.
Is ja goot, ik gah ja al. … So, nu kaam man rin, mien Jung!
Ik bün nich dien Jung! Du büst blots twee Daag öller as ik. So en Vadder will ik nich hebben.
Nu speel doch mal mit. Nathalie, segg du doch ok mal wat!
Sett sik man eerst mal daal, wi wüllt nu Middag eten.
Dat hest du al mal seggt. Sven, haal mi mal en Buddel Beer ut dat Köhlschapp!
Du dörvst doch gor keen Beer drinken. Oder, Nathalie, dörv se al Beer drinken?
Nu wees doch nich so sellig! Wenn Pia de Vadder is, denn mutt se sogor Beer drinken.

Mien Vadder drinkt keen Beer.
Dat glöövst du doch sülvst nich. Wi hebbt em doch nülichs avends eerst sehn, as he na Huus keem. Dor weer he sprüttenduun, oder, Pia?
Aver ji beide weet ja gor nich, wovun! Dat weer nich vun Beer!
Düvel ok, nu settst du di aver opletzt mal daal! Sunst gifft dat wat mit den Kaaklöpel an de Riestüten!
Nu blarr doch nich glieks wedder! Pia meent dat doch nich so.
Ik heff ja seggt, ik wull den Papa spelen, ik weer nich so blööd west.
So, nu füll ik jüm eerst mal lecker Supp op de Töllers.
Hett Sven dor wedder rinpiescht?
Dat heff ik nich … un dat heff ik ok noch nienich daan.
Doch, hest du doch, annerletzt, as wi in dat ole Marmeladenglas Beer in hebben wullen.
Pia, nu hool doch op. Glieks blarrt he wedder. Geevt mi mal de Töllers. … So, een Slag för elkeen.
Du hest Vadder mehr op daan. Ik will ok so veel.
As Vadder krieg ik ümmer mehr. Ik bün de Baas vun de Familie, un de mutt an'n mehrsten hebben.
Blöödsinn, bi uns is Mudder de Baas. Un se fritt ok ümmer an'n mehrsten!
Un woso wullt du denn liekers ümmer wedder den Vadder spelen?
Wieldat ik en Jung bün!
Du hest doch jüst sülvst seggt, wat bi jüm dien Mudder de Büxen anhett. Hett he dat nich, Pia?
Ne, du hest dat seggt.
Hebbt bi jem Deerns de Mudders denn keen Büxen an?

Doch, doch, …
Pia, Nathalie, Sven! Kaamt eten, Kinner!
Foorts, Mudder!
Glieks, Tant Lisa!
Wi kaamt al!
Mien Gott, Sven, nu blarr doch nich al wedder!

Warrt allens anners?!

Dat Roovtüüch mutt weg!

Bi ehr letzte grote Generalversammeln in't Holt harrn se beslaten, nu opletzt wedder mit Regeln intogriepen. To lang harrn se tokeken, ahn wat to ünnernehmen. Nu harr dat Roovtüüch överhand nahmen. Jüst bi de freedvullen Deerten harrn de Beester toslagen. Dat geev ümmer weniger Rehen un Kaninken in't Holt. Un ok de Vagels worrn vun Johr to Johr ümmer weniger, sünnerlich de lütt nüüdlichen Singvagels. Nich mehr de groten runnen Ogen keken een vertruensvull an, wenn een dör't Holt leep, ne, blots noch de dor tosamenknepen Klüsen, de jümmers dorop ut weren, Büüt to maken. Noch bet vör en poor hunnert Johren harr sik dat allens sülvst regelt. Man nu weer dat Schadentüüch eenfach to veel wurrn. Un dat leeg doran, wat se al veel to lang dorvun afsehn harrn, de Rövers wedder to bejagen. Wokeen wull dat hüüttodaags noch bestrieden, wat dat anners nich mehr gung, as wat een ümmer dor ingriepen dee, neem sik en Ungliekgewicht aftekenen deit? Wenn dat toveel vun en Oort geven deit, denn mutt een dor reduzeren. Dat is nich anners bi de Planten in't Moor. Wenn dor toveel Barken wassen doot, denn warrt dat to dröög, un dat Wullgras geiht in.

Se weren sik blots noch nich eenig worrn, woans een

gegen dat Roovtüüch vörgahn schull. Muss na kloor waidrecht wesen. Dat heet, dat Gegenöver mutt glöven, wat dat en Chance hett, dorvuntokamen. Ok wenn dat de gor nich geven deit. De Illuschoon is wichtig. Een kunn traditschonell vörgahn, düchtige Jagers mit basige Wapens liek op jüm to. Ok Fallen weren mööglich. Weer ok waidrecht. Wenn se so dösig weren un de nich vörher wiesworrn, denn weren se doch sülvst schuld an ehr Enn!

Ehrensaak weer na kloor, se to vertehren, nadem se to Streek bröcht weren. Weer ja kloor, wat keeneen dat gootfinnen kunn, se eenfach blots vun't Leven in'n Dood to bringen un se denn as Schiet liggen to laten. Dat harr ja utsehn kunnt, as wenn een dat blots to'n Spaaß maakt. Ne, de mussen vertehrt warrn. Dat bruuk nich partout de Jager sülvst to doon. Dat kunnen na kloor ok annere wesen. Hauptsaak, de Öös storven nich ümsünst. Anners harr een mit Recht seggen kunnt, wat dat ja sinnlos weer, dat Ümbringen.

Kloor, wat dat ok Spaaß maken dee. Weer doch ümmer en schöne Geföhl, sik sülvst as den to beleven, de en annern över is. Ok wenn de Wapen nich jüst gliek verdeelt weren. Dat weren se sünnerlich bi de Gastjagers nich, de se sik noch opto ut Noord un Oost ranhaalt harrn. Man en besünnere Situatschoon verlangt nu mal besünnere Oorten, dormit torechttokamen. Un de Gäst weren all heel scharp dorop, Trophäen intosacken, mit de se bi't Huus angeven kunnen.

Keen Striet geev dat doröver, wat all, de süük un leeg weren, foorts dootmaakt warrn mussen. Wenn se nich goot mehr lopen kunnen, wenn se gor lahmen oder al oolt weren, wenn se hoosten deen, denn mussen se weg. Kloor weer ok för all Deelnehmers an de Generalversammeln, wat een de Jungen in Roh leet, de Mudders ok noch, tominnst wenn de Lütten noch to lütt weren. Keen Gnaad avers schull dat för de Vadders geven. De mussen weg. Dor geev dat sounso al veel to veel vun.

Nu harrn se all Posten betrocken. Deelwies seten se op ehr Hoochstänn un luern över de frie'en Steden in't Holt, deelwies harrn se sik achter Büscher verkrapen un töven, wat dat Roovtüüch vörbikeem un se in den richtigen Momang op jüm daal kunnen. Allens weer heel liesen worrn in den Woold. Jeedeen weer bannig luukohrsch, of bi de Groot-Akschoon wat rutkamen wörr oder nich. De muss nu dörchtrocken warrn. Dor weren se sik alltohoop seker. Ok wenn dat in de Blääd un in't Feernsehn wedder nich goot opnahmen warrn wörr. Dor wörrn se wedder as de blootrünstigen Monsters dorstellt warrn. Un keeneen wörr dorvun snacken, wat för'n wichtige Opgaav se hier övernahmen harrn – ünner Insatz vun allens, wat se to verleren harrn. Dat Gliekgewicht muss wedder herstellt warrn. Dat weer al mal kloor. Un dat geev nüms, de sik an disse Opgaav ranmaken wörr. Dat bleev heel un deel alleen an se hangen.

Un denn kemen se, de Tweebeeners, knepen de Ogen tosamen, wullen wedder op Büüt ut, harrn as meisttiets de Rehen un Kaninken op't Koorn nahmen. Aver dütmal töven se al op de Minschen in't Holt. Do worr luder as sunst bölkt, kuum, wat se een Foot över de Grenz sett harrn, de de Deerten unsichtbor trocken harrn. De Tähnen worrn wetzt an Bööm un Steen. Die Gastjagers ut den sibierschen Woold leep dat Water in't Muul tosamen. Lange Fadens vun Spütt troken sik twüschen de scharpen Tähnen. De Tweebeners rüken de Gefohr, wullen Rietut nehmen, man dor weer dat al to laat.

Ümmer allens praat hebben

„Ümmer, wenn ik dat Finster opmaken do, denn maakt dat ‚wuuch, wuuch' buten. In een Tour ‚wuuch, wuuch'. Kannst du di dat vörstellen? Mien Fru seggt al, se warrt dor noch mall vun. Se kann nachts al nich mehr slapen, wieldat se ümmer dat Finster apen hebben mutt. Un denn geiht dat ümmer ‚wuuch, wuuch'. Du kannst nich weglopen dorvör in dien egen Huus. Ut elkeen Lock kümmt de dor Larm. Du meenst al, dat is in dien egen Ohren. Man dat is buten, poor hunnert Meter wiet weg, un liekers maakt di dat wahnsinnig. Un denn, kiek di dat Ding doch blots mal an! Fröher heff ik wiet na Fischdörp röverkieken kunnt. Do stunn mi keen Boom in'n Weg, keen Toorn, keen Woold. Un nu? Nu staht dor överall so'n dösigen Masten, de blenkert in de Luft. De hele Landschop is verschannelt. Wi hebbt nu mal keen Bööm hier hatt. Nienich. De hööt hier nich hen. Un nu staht düsse Kunstbööm överall in't frie'e Land. Dat süht ut as en Industriepark, segg ik di. Dor mag doch keeneen mehr op kieken, keen vun uns mehr un ok keen Touri mehr. Dat warrt noch Verlusten geven, dor wett ik mit di. Un wenn du denn mal nafragen deist, woveel se denn bringen doot, düsse Windspargels, denn seggt se di: ‚Ja, wi mussen dor noch en poor teihndusend mehr vun opstellen, bet wi een Atomkraftwark sporen köönt.' Ik fraag di, wat schall dat dor Spijökenwark? De maakt uns hele Heimat twei, för nix un wedder nix. Blots wat en poor Buern sik en gollen Nees verdenen doot."

"Mien Snacken! Dat heff ik ok al ümmer seggt. Man dat is ja noch allens nix gegen de dor sülvern Kuppel, de ik ümmer vör Ogen heff, wenn ik ut mien Finster kieken do. Du höörst twoors nix. Du sühst ok nich alltoveel. Is ja wiet weg. Neeg rankamen kannst du dor gor nich. Hebbt se en Groov un en Tuun rüm buut, jüst as wenn dat en Borg ut't Middelöller weer. Blots den doren witten Rook, den sühst du. Man dat is ja woll blots Waterdamp. Seggt se tominnst. Ja, un wenn ik angeln do, nerrn bi dat grote Rohr, wo dat Köhlwater rutkamen deit, denn sünd de Fisch dor düchtig wat grötter. Wiel dat Water dor so fein warm is, seggt se. Man dat Gresige is ok mehr dat, wat du nich sühst. Mien Huus is keen teihndusend Mark mehr weert, segg ik di, siet ik den doren nie'en Naver kregen heff mit sien sülvern Kuppel un den hogen Köhltoorn. Wokeen will denn ok dor leven, neem du ümmerto bang wesen musst, wat doch mal wat utlopen deit? Du rüükst den Schiet ja nich, du sühst dat ok nich. Se seggt ja ümmer, wat dat dootseker weer. Man ik fraag di, wo kümmt dat vun af, wat wi al dat drütte lütte Kind in't Dörp hebbt, wat an Blootkreeft krank worrn is? Eerst vör twee Weken hebbt se dat bi mien lütt Süsterkind faststellt. Is dat en Tofall? Weet de, de för den Swienkraam tostännig sünd, egens, wat dat för de Minschen bedüden deit, wenn so wat över jüm kümmt? Hebbt se so wat sülvst al mal beleevt? Wohrschienlich nich, denn de wörrn sik sachts nich blangen en Atomkraftwark en Huus buen. De sünd wiet weg, segg ik di. Un denn weet se nich, wo mit den Schiet hen, de so'n Ding maken deit. Do warrt in dusend Johren noch uns Kinner mit ansitten. Wo kann de Minsch so wahnsinnig wesen un wat buen, wo he heel un deel nich bi in de Laag is un hanteren dat?"

„Nu maakt mal halflang, ji beiden! Dat is doch allens noch gor nix, wat ji dor beleven doot. Bi mi en poor hunnert Meter wieder lang, dor steiht ok so'n Kraftwark. Man dat spütt nich blots Waterdamp ut. Dat, wat dor Dag för Dag ut den Schosteen kamen deit, dat is ok bannig goot to rüken un to sehn. Dat leggt sik överall hen, neem du stahn un gahn deist op dien Grund un in't Dörp. De besten Filteranlagen hebbt se inbuut, seggt se. Sowat gifft dat nich noch mal op de Welt. Un liekers, wenn du buten spazerengahn wullt, wieldat du na den langen Avend vör de Flimmerkist noch mal en beten frische Luft snappen wullt, denn överleggst du di dat meist gau wedder. Wenn de Wind ut de falsche Richt blasen deit, denn fangst du an to hoosten un du löppst, wat du wedder na Huus kamen deist, in dien veer Wannen, neem du tominnst dat Finster dichtmaken kannst. Wenn du an'n neegsten Dag wedder mal waagst un gahn rut, dor liggt över dien Saken buten överall so'n fiene gele Stöff. Wenn du doröverwischen deist, warvelt dat hooch, in dien Ogen, in dien Lungen. Un denn föhlst du di al so verdorrig oolt."

Nu weer dat Tiet worrn, na Huus to gahn. De Lüüd vun den Kroog wullen dicht maken. Buten verafscheden sik de dree vun den Stammdisch.

Bi't Huus kregen se noch in't Auto de Feernbedenen vör

un maken dormit de Garagendöör apen. Dat Licht gung sounso automaatsch an. De veer Strahlers worrn vun en Bewegensmeller stüert. Dat weer jüst so an de Huusdöör. De beiden olen Lampen vun Iesen, dor weren se bannig stolt op. Denn gungen se rin, maken dat Licht an in de Deel. De Fru sleep al lang, dat weer meist allens düüster in't Huus. Blots in de Stuuv weer dat Aquarium noch in de Gang. Licht, Heizer un Pump lepen automaatsch. Se harrn noch en lütt beten Smacht, de Mannslüüd, na all dat Vertellen un de dree Beer. In de Köök gung dat Licht mit en Knoop an, överall tohoop, de veer Deckenlüchten, de hele Lampenreeg an de Wand. Liesen summen Ies- un Köhlschapp vör sik hen. De Geschirrspöler leep, un baven in de Baadstuuv hören se de Wasch- un de Dröögmaschien. Se maken dat faken in de Nacht. Denn schull dat ja wat billiger wesen. Mit de Sniedmaschien worr eerst en Stück Broot afsneden, denn en poor Schieven Wust. De Waterkaker leep al för de gaue Tass Tee. Villicht kunn een sik ok achterna noch gau en Melkdrank mixen? Un en Töller Supp ut de Mikrowell?
De Föhn, de Lockenwickler, de Tähnböst un de Mundduusch weren an düssen Avend ok al bruukt worrn, dat Oplaad-Ding för de Batterien, de Heizung leep as ümmer op Hoochtouren, de Hittwatermaker na kloor ok. All de Radios, Feernsehers, CD-Players, Computers un de Faxmaschien weren op „Stand by". De lütten roden Lampen blenkern so nüüdlich in't hele Huus. Dat Handy weer jüst dorbi un laden sik wedder op, dat Heizkissen sorg för kommodig-warme Fööt, un de Stroomreken, ja, de keem ümmer al twee Maanden. De Stickdosen, neem de Stroom ruutkeem, de weren ok keen Problem, de

harrn se foorts bi't Buen överall in elkeen Stuuv düchtig verdeelt. Denn dat weer doch wiss: Een wull ja ümmer geern allens praat hebben!

Nich sien Land

„Un ik segg di, Lene, nimm dat Schild daal! Sunst passeert wat!"
Dirk leep al meist wat root an in't Gesicht. Lene kunn dat düütlich sehn. Na kloor weer he füünsch, man se harr jüst so'n Recht dorto.
„Wat schall denn woll passeeren?", versöch se em uttohorken. „Wullt du mi hier merrn op de Straat en Jackvull geven oder wat?"
„Och, Tüünkraam, dat weetst du heel nipp un nau, dat ik so wat nienich doon wörr!" Nu harr he dat Recht, wat mucksch to doon. Wo kunn se em sowat totruen? He harr ehr mal leev hatt, dat wuss se jüst so goot as he sülvst. Un ümmer noch kemen se goot mitenanner torecht, helen meisttiets en lütten Klöönsnack, wenn se sik bemöten deen ünner de Week, in't Dörp, op den Wekenmarkt oder annerswo. Keken ok al männichmal torüch in ole Tieden.
Blots hüüt, do weer se em meist towedder, as se so krötig vör em stunn, mit ehr dösige Schild in de Hand: „Unsere Kinder wollen leben: Endlich Umgehungsstraße für Fischdorf!" Se weer doch keen dösige Deern mehr, de meen, dat Demonstreren hööört to de Jöögd dorto! Wat schull denn düsse Tüünkraam? Se muss doch weten, dat so'n poor Schiller nix gegen de Politik utrichten köönt.

De Bestimmens warrt doch heel annerswo maakt, nich op de Straat, dwungen vun den Pöbel. Meist verfehrt he sik en lütt beten över düt Woort. Dat pass doch egens gor nich för ehr.

Nu verlegg he sik op't Beden: „Ik maak di en Vörslag, wenn du dat Schild daalnehmen deist." Achter em gung de Puutz an de lange Reeg vun Demonstranten lang, keek sik de Bescheren an, see aver nix. Blots as he an Oma Scholtz vörbikeem, schüttkopp he un mummel in den Boort: „In dat Öller noch!" Un as he wieder wull, reep se em na: „Jüst in dat Öller, Gendarm. Sien Menen to seggen, dor is een nienich to oolt to."

„Wat denn för'n Vörslag?" Se weer nu doch wat nieschierig worrn. Se wuss ja, neem em de Schoh drücken dee. De nie'e Straat üm dat Dörp schull merrn dörch sien Land föhren. Un he hung an sien Land. Dat harr he al ümmer daan. Ok wenn he al lang allens verpacht harr. Man sien Vadder harr dorop wöhlt un sien Opa un keen weet, woveel noch vun sien Olen. Man harr he sodennig dat Recht, se un all ehr Navers ut de Dörpsstraat in Larm un Stinkerie sitten to laten? Wo dat doch nu al siet Johren ümmer duller worr, wo ümmer mehr Autos un sünnerlich Lastwagens merrn dör dat Dörp an de See klötern deen, wat fröher mal so kommodig west weer? Un he weer as se al wiet över sösstig. Do schull een doch mal mehr an de Jungen un an de Tokunft denken as ümmer blots an sik sülvst!

„Ik wies di wat op mien Land", anter he nu na en lütt Överleggen. „Wenn du dat sehn hest, warrst du villicht anners över de niege Straat snacken."

„Un dorför schall ik nu dat Schild wegnehmen?", grien

se. „Du hest doch sülvst vörhen eerst meent, so'n Schiller, de doot doch keeneen weh. Denn kann ik doch hier ok stahn blieven."
He keek ehr in de Ogen un wuss, wat dor noch wat kamen schull.
„Aver in twintig Minuten sünd wi hier dörch. Denn hebbt sik de Autos wohrschienlich al bet na de Kreisstadt staut. Un denn warrt se dor ja woll ok mal waken!"
„Un denn wörrst du mit mi kamen?", fraag he heel vörsichtig.
„Wenn du denn driest dor op bestahn deist: Ja!", segg se so, as wenn ehr dat knapp wat angahn kunn. Dorbi weer se al en lütt beten nieschierig, wat he ehr woll to wiesen harr.
Een Stünn later stegen se vun't Fohrrad. He leep vör, merrn op sien Land to. Dor achtern leeg en lütt Holt, neem se fröher as Kinner faken in speelt harrn. „Uns Uurwoold" harrn se dat ümmer nöömt. Un as dörch en Wunner weer dat Stück so bleven as fröher. Se seeg dat nu, as se neger kemen. Dirk böög en poor Büscher bisiet un kroop wieder. Se achteran. Wat schull se maken? He warrt al sien Grünnen hebben. Un bang wesen? Mit em alleen in't Holt? Ach wat, dat weer fröher mal. Un wenn he sik doch noch mal truen schull? Schull he doch! Se weer Weetfru un he Weetmann. Kunn een sik doch tosamendoon. Se klopp sik an den Kopp. „Tüünkraam!", reep se sik to un meen meist en Momang, he harr dat hören kunnt.
Un denn bleev he stahn. En Diek leeg vör se, dat Water blenker root in de ünnergahn Sünn. Richtig, hier weer de Steed, neem se in'n Winter ümmer Strietschoh lopen weren. Ehr full ok dat wedder in.

„Wat dat noch allens so bleven is", wunnerwark se. „Dat mutt doch meist sösstig Johr her wesen", reken se na.
En Pogg hüpp in't Water. Dat küsel dor op, as he wegdüker. Libellen troken ehr Bahn över de gelen Diekrosen. An't Över stunnen de dor swarten Kolvens – wo heten de noch mal? Kattenkulen – richtig, de harrn se fröher ümmer to Fackeln nahmen, un in en grote Boddenvaas seht de ok goot ut. Dat weer en Freden hier. Anners as in ehren Goorn achter't Huus, neem se ümmer de dor verdorrigen Autos hören dee.
„Sühst du, dat hest du nich wusst", segg he un keek ehr piel in de Ogen. „Ik heff di seggt, du warrst mi verstahn!"
„Ne, woso dat?", schüttkopp se. „Wat hett dat mit hüüt Namiddag to doon?", wunnerwark se un verstunn wohrhaftig nich, wat he vun ehr wull.
Do wies he op de beiden Tauen, de merrn över dat Water dörch dat hele Holt lepen. Dat weren so'n gele Plastiktauen, Wäschlienen, de weren an lange Knüppels fastmaakt un lepen bet achtern hen. En Enn weer nich to sehn. Twüschen de beiden Tautuuns weren dat villicht teihn Meter. Meist parallel lepen se blangenenanner lang.
„Sühst du, dat is de nie'e Straat." He klung meist wat stolt op sien Infall. „Dor schall se langlopen. En annern Weg gifft dat nich, hebbt se bi't Land seggt. Överall anners döggt de Grund nix. Blots hier, merrn dörch, dor kunn dat wat warrn."
„Ja", segg se. „Merrn över dien Land. Dat wuss ik al. Man ok woll merrn över Land, wat di ok nich tohören deit!"
„Woans meenst du dat", wunnerwark he.

„Woans ik dat meen?", gruvel se.
Un denn sett se sik daal in't Wullgras, treckt em na sik daal. Se luert tosamen op't Water, seht de Sünn ünnergahn un meistto süht dat ut, as weer dat Bloot in den Diek, neem de Aanten in dükern doot.

Krüüz un dwars dör Eidersteed

De Week harr jüst anfungen. De Sünn krüüz root un rund as op de Fahn vun Japan över dat wiede Moor, an dat uns Intercity in düssen Momang vörbiglieden dee. Denn geev dat en Ruck. Iesen knarsch op Iesen. En Bahnhoff keem in Sicht. „Lunden" stunn dor op. Meist so as de grote Stadt op de brietsche Insel, dach ik. Un Daak weer dor ok.
Hier schull ik utstiegen, harrn se seggt. Vun hier kunn ik na Sankt Peter kamen. En ole Fohrrad harrn se för mi praat stellt. Dat stunn wat afsiets vun all de nie'en, düren un blenkern Iesenpeer. En Zeddel kleev dor an. Dor stunn ik op. Blangenbi seet en Jungkeerl in't Gras. Sien Boort weer utruppt, dat Hoor grell-geel, sien Kapp mit den Scheerm na de Siet dreiht, en scharpe Nees un tage Blick. Dat weer Hans von Kolne.
„Woans kaam ik na Sankt Peter?", fraag ik em.
He keek bisiet un anter nich.
Ik swung mi op dat Fohrrad, do reep he mi achterna: „Wi Dithmaschers möögt se nich, de Eidersteeders. Wat wullt du dor?" Un denn sett he noch dorto: „Ik weer jüst in den Haven vun Tönn' un heff Nickel Wilts för 15 Mark lüübsch ut dat Schipp ruthaalt. Un in't Johr dorvör heff

ik en poor vun jüm doothaut." He grien över't hele Gesicht. „Se harrn mien Deern scheef ankeken!" Man denn wies he mit den Arm na Westen to: „Na Sankt Peter geiht dat dor lang", see he to mi, „över Tönnen weg!"
Liekers leten se mi röver över de Eider. As ik över de Brüch wegradeln dee, weer de Sünn eenmal links an mi vörbilopen. Nu stunn se jüst so root un rund as hüüt Morgen achter den Toorn vun St. Laurentius in Tönnen. Ik rull den Diek daal un stunn miteens an den Haven. Smucke Hüüs troken sik op de een Siet lang, en grote Spieker güntsiet leet mi de Eider nich mehr sehn. Vör dat ole Waag-Huus stunn en lütte Keerl un luer op de Fischerbööd, de an de Kaimuer op un daal dümpeln.
„Woans kaam ik na Sankt Peter?", fraag ik em. Verbaast keek he mi an. En afsleten Uniform slacker üm sien knakige Liev, op de gollen Knööp weer en Lilg afbildt. De Dreespitz seet wat scheef op sien Kopp. De Ogen stoken dor ünner vör. Dat weer Napoleon Bonaparte.
„In Trafalgar fung allens an", stamer he, „un hier in Tönnen keem allens to Enn."
Mit grote Ogen luer ik na em röver.
„Wenn ik domals Däänmark noch duller rünnerholen harr, denn weer in düssen Haven nich so veel smuggelt worrn. Dör mien Kontinental-Sparr sünd se groot worrn. Mehr Scheep as in Hamborg lepen hier rin un rut!"
De swarten Wuschelhoor ünner den Dreespitz weren al wat gries worrn. Se stunnen em tobargs, sodennig arger he sik. Denn trook he den Arm ut de Uniformjack un wies na Noorden to.
„Na Sankt Peter geiht dat dor lang", see he to mi, „över Witzwoort weg."

De Nacht weer luut.

An'n Dingsdag funn ik en smallen Weg, merrn dör de Wischen, an depe Gravens lang. Achter de Meierie stunn wedder een. De seeg noch afretener ut as de Franzoos vun güstern Avend. In Fitschen wussen em de Hoor ut den runnen Kopp, een Tähn fehl in't Muul. Man he lach un lach över sien Rullkraag-Pullover weg. Dat weer Horst Janssen, de Maler.

„Woans kaam ik na Sankt Peter?", fraag ik em.

„Dwars röver!", reep he. „Man nich dör mien Haubarg dör!", drauh he denn noch mit de Fuust. „Anners mutt ik di hauen!" Un denn verkloor he mi: „De Haubarg bargt dat Hau, man ünner dat hoge Reitdack ok mien Phantasie. Dor heff ik 23.000 Biller in spiekert", reep he mi to un nehm ein düchtigen Sluck ut en Bramminbuddel. „Wenn ik oolt warr", see he denn, „denn kannst du se di all ankieken, överall in de Welt, nich blots in't Eiderland, in Hamborg oder Ollenborg. Ne, ok noch in Sibirien un in Tokio!"

Denn sett he de Bramminbuddel op en Tuunpahl un wies na Westen to: „Na Sankt Peter geiht dat dor lang", see he to mi, „över Ollenswort weg."

De Nacht weer fuchtig.

An'n Middeweken rull ik de Straat lang, de hooch op den Diek anleggt is. Merrn in Ollenswort blangen den breden Kanal, tööv he al op mi. Sien Kedenhemd harr grote Löcker, de Fedderbusch hung trurig vun sien blenkern Helm daal. Över den Rüch leeg en rode Ümhang mit en witte Krüüz vun baven bet nerrn un vun links na rechts. Dat weer Hertog Abel. Jüst harr he sien Broder Erik Plogpennig, den König vun Däänmark, dootslagen.

„Woans kaam ik na Sankt Peter?", fraag ik em.
„Büst du Hummer Wessel?", anter he un keek mi vull Bang an. „Dröven an Land", un he wies na Oosten över dat depe Water vun de Nordereider, wat blots he noch sehn kunn, „dor schusst du op mi töven. Kannst du dat gor nich afluern, wat du dien Herrn na't Recht opletzt doothauen kannst?"
Verbaast keek ik em an. Ik harr keen Ext in mien Fuust.
„Ik wünsch jüm, dat, wenn dat Johrdusend to Enn geiht, düt Land vun frömde Lüüd överlopen warrt", schimp Abel, „un wat ji denn sogor noch dankbor wesen mööt dorför!"
He stook dat blanke Sweert, mit dat he mi in'n Schach holen harr, in de fette Masch-Eer un wies na Süden to.
„Na Sankt Peter geiht dat dor lang", see he to mi, „över Kathrinenheerd weg."
Ik drööm swoor in düsse Nacht.
An'n Dünnersdag fohr ik gegen de Sünn an. In Kathrinenheerd achtern bi den lütten Buernhoff stunn en Deern, man jüst teihn Johr oolt. Ehr blonnen Hoor weren in twee Zöpp flochten, de an beide Sieden vun den Kopp afstunnen. Se droog en swarte Kleed.
„Woans kaam ik na Sankt Peter?", fraag ik ehr.
„Wullt du di dor nu vullfreten?", anter se un ik wuss nich, op wat se daal wull. „Hebbt jem Sweden-Offizeren ümmer noch nich noog freten un sapen bi uns to Huus? Mien Öllern sünd blots noch an't Wenen, Dag för Dag un Nacht för Nacht."
 Mit ehr grote waterblaue Ogen keek se mi an: „Et gah uns wohl op unse olen Dage!", reep se denn un wies mit den Arm na Westen to: „Na Sankt Peter geiht dat dor lang," see se to mi, „över Garrn weg."

Düsse Nacht harr ik Buukkniepen.
An'n Friedag seeg ik mien Teel al, as ik losfohren dee. De Toorn vun St. Christian in Garrn wunk mi vun sien hoge Warft na sik ran. En vörnehme Herr stunn op den Marktplatz. Sien kloke Gesicht worr ünnerstreken vun twee griese Hoorwulken, de wiet vun den Kopp afstunnen. De Brill klemm fast op de scharpe Nees. De swarte Gahrock un dat Chemisette dorünner weren frisch opplett, de swarten Snöörschoh wienert. För sien Utsehn geev dat man blots een Woort: nobel! In beide Hannen heel he en swore ole Book: „Röömsche Geschicht" stunn dor mit gollen Bookstaven vörn op de Titelsiet. Dat weer Perfesser Dr. Theodor Mommsen.
„Woans kaam ik na Sankt Peter?", fraag ik em.
„Ik kann mi knapp dorop besinnen", anter he. „Ik weet ok gor nich so recht, woneem ik hier bün. Dat mutt heel lang her wesen. Man jüst heff ik leest, ik weer hier Ehrenbörger. Un dorbi dach ik, dat weer ik man blots in Berlin un Rom. Na ja, dat warrt woll richtig wesen." He gruvel un gruvel. „Un wat wullen Se noch mal?" Denn wies he mit den Arm na Süden to: „Ach ja! Na Sankt Peter geiht dat dor lang", see he to mi, „över den Haven weg."
Wieldat de Sünn noch nich ünnergahn weer, maak ik mi op den Weg na den Haven. Ik funn em nich. Man vör en groten Spieker stunn en lange Keerl. Sien Hoor leep in Bülgen över sien Kopp, de düüstere Huutfarv wies em as Minschen ut, de faken buten to doon hett. Sien Füüst weren ruug un streng. He harr schietige Arbeitstüüg an. Un vör em stunn en Schuufkoor. Dat weer Johann Clausen Koet.

„Oh, ji Döösbaddels!", schimp he. Un dorbi keek he an den Spieker lang. „Kiek di dat an, se hebbt em eenfach toschütt, eenfach Schiet un Klei nahmen un em dormit vullpackt. Woto hebbt wi uns denn so afmaracht? Vun Katensiel hebbt wi de Bootfohrt bet hierhen dörchtrucken, hebbt hier den feinen Haven anleggt. Dor hebbt se ehr Koorn op de Treidel-Bööt verladen kunnt un af gung dat na Ingland. Hüüttodaags harrn se de Touristen dorop treideln un sik dumm un dösig verdenen kunnt."

Ik geev em Recht, ok wenn ik nich sehn kunn, wat he seeg. „Woans kaam ik na Sankt Peter?", fraag ik em.

„Op Water tominnst nich," gnatter he un wies mit den Arm na Noordwesten to. „Na Sankt Peter geiht dat dor lang", see he to mi, „över Westerhever weg."

Nachts drööm ik vun en lütte Papeerschipp, dat vun Rom na Garrn op en Bootfohrt ünnerwegens weer.

An'n Sünnavend seeg ik miteens den Lüüchttoorn an de Kimm. Root un witt blenker he in de Avendsünn, wiet buten in't Vörland. Man vördem ik an em rankeem, stunn mi een in'n Weg. „Hoolt stop!", bölk he un reck sien Sweert hooch in den Heven. Allens an em weer ruug un groff. Dat weer Fresen-Hööftling Woge vun de Borg.

„Woans kaam ik na Sankt Peter?", fraag ik em.

He bruus op. „Wullt du mit Jumfer Marie dorhen? Segg an, wullt du?"

Ik trook de Schuller hooch un keek em truschullig an. „Du kriggst ehr nich," reep he denn ut, so luut as he man kunn. „Ik weet, dat weer mien Dood. Dor mööt ji sik eerst all tohoopdoon un Staller Ove Hering foorts mitbringen! Man noch wackelt mi de Kopp nich! Mark di dat!"

Denn wies he mit den Arm na Süden to. „Na St. Peter geiht dat dor lang", see he to mi, „över Ording weg."

Ik harr Koppien düsse Nacht.

Dütmal, an'n Sünndag, keem ik gor nich ran an mien Teel. Noch wiet vör Ording höör ik em bölken: „Büst du Woge bemött?", reep he un stunn dorbi op en Barg, de man jüst dubbelt so hooch weer as de Twee-Meter-Keerl sülvst. Bannig luut weer sien Stimm. Dat keem dorvun, wat he ümmer op See gegen den Wind antoprahlen harr, enerwegens twüschen Pellworm, Schwaabsteed, Hamborg, Helgoland un Marienhafe in Oostfreesland. Dat weer Klaas Störtebeker. Un he stunn op den Düvelsbarg, meist blangen de Kark vun Ording. De weer al tweemal ümsett worrn, wieldat Water un Sand ehr ümmer wedder ünnerkriegen wullen. Steiht se bi't veerte Mal baven op den Barg, denn so hett de Herrgott den Düvel daaldwungen. Störtebeker keek mi unbannig an, as ik op em tokeem.

„Woans kaam ik na St. Peter?", fraag ik em.

„Kummt Woge achter di ran?", anter he. „Ik will em hier nich sehn, dammig nochmal to! Ik söök hier man blots een vun de Helgolänner Fischers, wat se mi denn mitnehmen doot op ehr Insel. Ik heff höört, de Pepersäck ut Hamborg sünd al dor un luert op mi. Un mien Vitaljenbröder sünd al ünnerwegens. Woge bruukt mi nich to verdrieven. Ik gah al sülvst." He harr en Spaden in de Fuust un in dat Lock ünner sien Fööt blenker dat gollen.

„He kümmt nich", snack ik em to, ok wenn ik dat gor nich so nipp un nau wuss.

Denn wies he mit den Arm na Süden to. „Na St. Peter geiht dat dor lang", see he to mi, mehr nich.
Foorts maak ik mi op den Weg, merrn dör de Dünen dör. Wiet buten, an't Enn vun en heel lange Brüch, stunn en Huus op Pahlen un raag över de wiede See weg.
Vör de Kark vun Sankt Peter stunnen Ove Alwerck un Swien Pohns. „Wat is mehr weert?", bölk de een. „En Keerl oder en Kind?" He bölk so luut, wat een dat in't hele Land hören kunn. „Hier vör de Kark vun Sankt Peter, in uns ole Olsdörp, dor wüllt wi Gericht holen." En Wind blaas dat Woort „Olsdörp" weg. Keeneen kunn dat hören, man blots Alwerck un Pohns. „Denn schall sik wiesen, wat dat Kind betahlt warrn mutt, dat bi dat Beermaken verbrennt worrn is, oder de dootslagen Keerl."
„Kiek an", see do een in Hamborg, de dat Bölken höört harr. „In Sankt Peter, dor striedt se sik al mal wedder."
Blangen de Kark steiht de Olsdörper Krog un günstsiet dat Huus vun Jensen. Dor is dat bannig luut in. Fiert warrt dor. Dat gifft düchtig Brammin un elkeen will luder vertellen as de anner. Ik maak de Klööndöör op un pedd na binnen. Links vun de Deel is de Loh. Keen Wagen is dor rinrullt. Keen Hau liggt dor. Se is püük un schier as de beste Stuuv. Man blots en runnen Disch steiht dor in de Merrn mit vele Stöhl doran.
Dor sitt se all: Napoleon Bonaparte, Horst Janssen, Hertog Abel, Martje Flohrs, Theodor Mommsen, Johann Clausen Koet, Hööftling Woge, Klaas Störtebeker, Ove Alwerck un Swien Pohns. Blots Hans von Kolne is nich dor. Man dat is ja ok en Dithmascher.
„Do büst du opletzt doch noch ankamen!", roopt se

alltohoop as ut een Kehl. Un denn böhrt se de sworen Glöös hooch un stött an op mi. „Kaam, sett di to uns! Laat uns de tokamen Tieden fiern!"

Verkloren:
– Hans von Kolne klau üm 1450 rüm wat vun den Schipper Nickel Wilts in den Haven vun Tönnen.
– Napoleon Bonaparte sorg vun 1806 an mit sien Kontinental-Sparr gegen Ingland dorför, dat vele Woren nich mehr över Hamborg transporteert warrn kunnen un nu över Tönnen in't Land kemen. Dor worr de Stadt riek vun.
– De Hamborger Maler Horst Janssen, 1995 storven, de en egen Museum in sien Kinnerstadt Ollenborg kregen hett, harr lang Tiet en Haubarg in Witzwoort.
– Hertog Abel hett bi 1250 rüm sien Broder, den König vun Däänmark, doothaut. Wat later worr he vun den Timmermann Wessel Hummer op de Flucht vun Ollenswort bi den Mildterdamm ümbröcht. De Damm güng över de vörmalige Nordereider weg.
– Martje Flohrs bröch in't Johr 1700 sweedsche Offizeren, de sik bi ehr Öllern dörfreten, mit en Drinkspröök in Verlegenheit.
– Theodor Mommsen keem 1817 in Garrn to Welt. 1902 kreeg he as eerste Düütsche den Literaturnobelpries, ünner annern för sien „Röömsche Geschicht". In Garrn leev he man blots veer Johr.
– Johann Clausen Koet weer en Holländer, de för den Bu vun de Bootfohrten (un den vörmaligen Haven in Garrn) de Schuufkoor (Rullwagen) inföhr.
– Hööftling Woge keem in't 14. Johrhunnert vun Noord-

strand röver un sett sik in Westerhever fast. En Jumfer schall dorbi holpen hebben, em un sien Lüüd vör Gericht to bringen.

– De „Düvelsbarg" in Ording hett woll mal de Hamborgers tohöört. Störtebeker, de ok in Pellworm un Schwabsteed west is, worr vun de Hamborgers vör de Hoochseeinsel fungen un 1401 op den Grasbrook exekuteert.

– Bi Ove Alverck keem 1439 en Kind vun Swien Pohns bi't Beerbruen to Dood. Dree Daag later worr een ut de Familie vun Alwerck vun en Pohns doothaut. Dorop keem dat to en Striet, üm den sik an't Enn sogor de Hertog vun Sleswig kümmern muss. Siet denn heet Olsdörp „Sankt Peter".

(Schreven in't Johr 2000
to Ehren vun dat Eidersteeder Heimatmuseum in't Huus Jensen.)

Op'n Holtweg

Keen Feernbedenen

Heel sacht nimmt de Held dat Gesicht vun de junge Fru in sien fiene Hannen, wischt vörsichtig de Tranen weg un.....
"Oh ne! Jüst nu al wedder de dor dösige Reklaam!"
Lena söcht de Feernbedenen. Op den helen Disch söcht se, ok dorünner, op de Stöhl, de dorbi staht, an't Enn ok noch in dat Schapp blangenbi. Keen Feernbedenen!
Se kümmt vör, kickt sik den Flimmerkassen wat nauer an: Dor is allens glatt, keen geheme Klapp, keen Knoop, nix, wo du em mit ümschalten kannst.
"So'n Schiet!", röppt Lena un schimpt op ehr Fründin, de to ehr seggt hett, se schall op de Wahnung oppassen, un de vergeten hett, ehr to seggen, woans se mit den Kassen ümtogahn hett.
"Sie werden schön sein!", swiestert dor en moie Stimm ut den Feernseher. "So schön wie nie, so schön wie keine!" Lena kickt röver, toeerst wat vergrellt. Man de Stimm is warm un du musst ehr eenfach truen.
"Schöööön!" De Luutspreker treckt dat Woort in de Längde.
Lena dreiht sik üm un löppt de Straat daal, se sweevt licht as op Wulken. Do kümmt een op ehr to – he süht ut, as keem he direktemang ut't Kino, daalhüppt vun de

Lienwand. Is dat nich düsse Keerl vun vörhen, de mit de fiene Hannen?

He kümmt liek op ehr to, blifft denn batz stahn, kickt ehr deep in de Ogen, seggt noch: "Beautyful!" un sackt heel sinnig na achtern weg, dörch de Straat, un weg.

Dor röppt dat al wedder vun achtern, neem de Flimmerkist steiht.

"Ik will nich so blieven, as ik bün", schütt Lena dat dörch'n Kopp.

En Woort krüppt ut den Luutspreker: "Schlank!" Un wedder: "Schlank, schlank, schlank!"

Lena steiht op un geiht an't Finster. De Sünn steiht deep un smitt lange Schaddens. De Fru dreiht sik üm. Dor is keen Schadden. Se föhlt sik so licht as nienich in ehr 38 Johren.

Glieks blangen ehr steiht de Kassen, wo se keen Knoop an finnen kann un ok gor nich mehr will. Keen geheeme Klapp is dor an, achter de se de Dröme utknipsen kann. Keen Feernbedenen liggt op den Disch. Woto ok?

En lackeerte Keerl reckt sien Föhnfrisur dörch de Mattschiev rut. He böögt sien Kopp na Lena to un bölkt luut: "Buuuh!"

De junge Fru verfehrt sik böös. Se löppt na den Kassen hen un versöcht mit all ehr Knööv, den lütten Keerl wedder torüchtostoppen, dorhen, wo he henhöört, in sien Welt. He schall afhauen ut ehren Dag. Man he is week as Sepenschuum.

"Büst du bang vör mi?", blubbert he ehr to. "Bruukst du Sekerheit för't hele Leven?"

Un noch vördem se antern kann, hett he allens praat: "Blots en Ünnerschrift!" Do langt he ehr en Zeddel rut mit lierlütte Bookstavens op. Lena ünnerschrifft. De Schuum löppt de Mattschiev daal.

Buten op den Balkon steiht een mit swarte Jack an, mit swarte Ogenklapp. In de Hand hett he en Maschinenpistool. De junge Fru strahlt em an. Denn drauht se em mit de Fuust. „Ik hau di in'n Dutt!", prahlt se. Do schütt de Keerl. De Kugels prallt an de Finsterschiev af, fleegt torüch. In'n hogen Bagen neiht de mit sien swarte Jack över den Balkon na nerrn ut.

Goldstückens klimpert ut den Feernseher op den Teppich daal. Een na dat annere. Se blenkert in de Sünn.

„Du wirst reich sein!", meent en Fru, de utsüht as bi de Bröder Grimm de Deern in't Hemd. Vörsichtig geiht Lena in de Kneen, sliekert op de blenkern Münzen to. „Villicht knipt se ut, wenn ik de anfaten do!" Doot se avers nich.

„Levert Se mi allens na Huus!", seggt se to den Gewarfsföhrer vun't Koophuus. „Wat denn?", schüttkoppt de. „Allens", seggt Lena un striekt mit den rechten Arm dörch de Luft. „Ik will allens hebben!"

„Un all wüllt se di leev hebben!", swiestert dat nu wedder achter de Mattschiev vör. „Glööv mi dat! Du bruukst nix wieder to doon as..."

„Wat?", jankt de Fru mit glasige Ogen. „Wat schall ik doon?"

„Kopen!", seggt de Stimm un wedder: „Kopen, kopen, kopen,..."

De Döör vun de Slaapstuuv geiht op. Lüüd quillt dor rut, junge Lüüd, smucke Lüüd, Mannslüüd. Se danzt op ehr to, strahlt över't hele Gesicht. „Ik heff di leev", seggt se. „Ik ok", seggt de anner. Hunnerte vun weke Lippens fangt an, een Söten na den annern op ehr Fööt to drücken. „Ik do allens för di", seggt de anner un driggt ehr op Hannen.

Do geiht en Dunnerslag, luder as allens tosamen. En Blitz tuckt den Heven daal, buten över den Balkon. „Du büst mi to oolt", gnegelt een vun de Keerls, de ut de Slaapstuuv kamen sünd.

Lena sleit de Ogen op. Alleen sitt se op dat Sofa. Keen Minsch is dor. Se föhlt ehr Gesicht. Oolt is dat, gries dat Hoor, krumm de Rüüch. „Ik will wedder jung sien", seggt se liesen to sik sülvst un denn ümmer luder: „Jung, jung – ik will wedder jung sien!"

Do jankt dat achtern in de Flimmerkiss. De Mattschiev warrt düüster, denn löppt dor so'n Grisseln över weg. De Kassen kümmt en Stück hooch un sett sik wedder. „Du warrst jung wesen", kümmt de Stimm ut den Luutspreker. Man dat klingt wat afquäält. To sehn is nüms.

Glieks mutt Lena na School. Hannes töövt al op ehr. Sünnavend, wenn Papa un Mama to kegeln sünd, will se mit Hannes tosamen buten op den Balkon sitten un in den Maand kieken. To'n eersten Mal alleen, blots mit em alleen. De Deern is al bannig opreegt. „Un wenn he utverschaamt warrt?"

„Ik will över allens to seggen hebben!", bölkt se dör de Wahnung. „Hest du höört? Ik alleen will över all de annern bestimmen!"

De Flimmerkiss röhrt sik nich. Lena warrt hiddelig: „Dammig noch mal to! Ik will de Mächtigste wesen!"

In den Kassen is allens doot. Bet nu. Miteens kümmt dor so'n hogen Toon vun wiet weg. Dat wasst an as de Fleut

vun en Damplok, warrt luder un luder, gifft al Wehdaag in de Ohren, warrt schriller un schriller. Se krüppt ünner den Disch. „Ophören!", bölkt se in een Gang. „Ophören!" Wimmert denn blots noch, höllt sik de Ohren to.
Un denn hööert dat op.
„Plopp!", maakt dat, as weer en Sepenblaas platzt.
As se waken warrt, is se sweetnatt. Buten singt en Vagel, de Sünn schient, de Feernseher düdelt liesen vör sik hen. Mit de Feernbedenen maakt se em ut.
„Gediegen is dat!", snackt se mit sik sülvst. Al lang hett se sik nich mehr so höögt dorööver as hüüt, wat se noch so veel Wünschen hett. En poor dorvun warrt nienich wohr warrn. Un vun en poor annern weet se dat nich. „Ik bün so, as ik bün!", meent se denn un strahlt över't hele Gesicht: „Jüst so will ik ok blieven!"

Standby

Buten is dat pickswart. Liesen knistert Regen gegen de Finsterschiev in de Wahnstuuv. An'n Heven steiht keen Steern. In de Slaapstuuv saagt Vadder en lütten Wichelbusch dör, Mudder dreiht sik op de anner Siet. Hannes steiht de Sweet op de Steern. King Morkus will em an de Gurgel. Hanna klammert in depen Slaap ehr Book fast un smuustert vör sik hen. De brune Torinos suust mit ehr in'n willen Galopp af. Dackel Fips snuckert in sien Korf. De Klock tickt. All dree Wiesers reckt sik meist piel na baven. Dat is fief vör twölf.
Ünner de Mattschiev blenkert dat lütte rode Licht kort

op. Denn warrt dat hell in de Stuuv. Blaue Strahlen dükert Disch, Stöhl, Schapp un Sofa in kole Licht. De Mattschiev flimmert. Denn kickt dor een rut. Nerrn jüst över de Kant. He hett en Blatt Papeer in de Fuust. Du kennst em goot. He leest ümmer de Narichten vör, avends Klock acht. He böögt sik över de Kant röver un luert heel vörsichtig na beide Sieden, denn na nerrn un na baven. Nix is to sehn. Allens musenstill. Blots dat blaue Licht. Nich mal hell noog för de Fleeg baven an de Lamp. Se röögt sik nich. Dor kümmt he hooch, de lütte Keerl, böhrt dat rechte Been un swingt dat över de Kant. Ok dat anner Been un steiht miteens buten vör, op de Kommood, dreiht sik na achtern, kickt in den Kassen rin un winkt. Du sühst dat heel düütlich nu. He winkt na binnen.

Denn kaamt de annern, eerst een, denn twee, denn kaamt se all. Vörsichtig sliekert se an de Kant, luert na buten un swingt denn de Been över de Kant. Dat warrt drang op de Kommood. Blangenan liggt de Blääd. Dor klattert poor vun jem rop, dat ruschelt düchtig. Man nüms hööort dat. Woll an de hunnert lütte Lüüd staht nu blangen de Mattschiev. En junge Fru kennst du ut de niege Telenovela. Se is dor ümmer so strietsüchtig, ümmer maakt se de annern allens twei, jüst wenn dat üm de grote Leevde vun ehr Süster geiht. En Aas is dat. Nu söcht se ehr Süster ünner de annern. Tohoop gaht de beiden na vörn, sett sik op de Kant vun de Kommood, slaagt de Arms ümenanner un kiekt sik an. Seggen doot se nix. Seggen deit nüms wat. Dor güntsiet vun de Süsters huukt en Keerl in swarte Tüüch op dat Fernsehblatt. Dat is Richter Andersen. Vör sien Stohl ballert sik gediegen Volk schietige Wöör an'n Kopp. Nu steiht nüms vör em. He süht tofreden ut. En öllere Fru hett en blenkern Kroon op den Kopp. Se nimmt ehr af. In ehr Hoor is en deepe Rünn to sehn, jüst dor, wo de Kroon ümmer sitten deit. De Rünn geiht bet in de Kopphuut rin, as en Krink. En junge Fru is nakelt. Se freert. Blangen ehr steiht en Keerl mit Dreespitz op den Kopp, langen Mantel an mit groten Kraag. He treckt den Mantel ut, dorünner is en Uniform. He ritt den Mantel in de Merrn twei un gifft ehr den halven. Nu freert se nich mehr heel so dull.

Dien Ogen wennt sik an dat blaue Licht. Do sühst du, meist negentig vun de lütten Minschen hebbt Wapen bi sik, lange Mess, een en Sweert, de anner en Savel, de mehrsten Revolvers, männicheen ok en Maschinenpistool un anner lütte swarte Dinger ut Iesen, de in poor hunnert Johr eerst scheten köönt. De Wapen hangt un kleevt an de Minschen as Schiet. Dütlich meenst du, an'n leevsten muchen se de Dinger afstriepen, wegwischen, vun sik doon, as Mudd, as Aaskram, as Untüüg. Man de sünd fastwussen, Deel vun jem, as Arms un Been.

Man kiek mal: Heel wiet achtern in de Eck, jüst dor twüschen den Fernsehkassen un de Blääd, dor hett sik en lütte Krink henkrapen. De een verkloort uns jümmers de Wetenschop. Un dat maakt he so goot, wat du em de hele Tiet toluustern musst. Un de Fru blangen em, de magst du geern sehn, bi ehr vergittst du all den Schiet, de du den helen Dag över mitkregen hest. Un Schoster is ok dor. He geiht hart mit de Politikers üm, man ümmer köönt se sik achteran in de Ogen kieken. Un dat Poor, wat sik blangen em op de lütte Spitzendeck aalen deit, dat deit dat ok dagsöver faken. Denn warrt di heel warm üm't Hart.

Alltohoop seggt se nix. Se staht man blots dor, kiekt sik an. Luert över de Kant. Af un an snüfft mal een kort op. Du kickst di üm. Un denn dat: Ok bi dat Radio achtern bi dat Sofa, lücht dat lütte rode Licht nich mehr heel so dull as dagsöver. Ne, dat gifft dat doch gor nich: du hest blots ümmer na vörn luert, man achter di staht se ok. Lütte Minschen, Fruuns- un Mannslüüd, düchtig mehr junge as ole. All hebbt se wat to'n Musikmaken ünner den Arm. Vigelien un Fleuten, Trumpeten un Gitarr, twee dreegt jüst en Harmonium ut den Luutspreker rut. Dor krüppt ok noch een rut, de schüfft en Trummel vör sik her. Man hören deist du nix. Anners weerst du jüm ja al lang wies worrn.

Vör di un achter di is dat musenstill. Liekers meenst du, de lütten Minschen sünd heel tofreden dormit. Dat is jüst so, as wenn de Knoop för luut un liesen afbuut weer.

Nu rückt de Sekunnenwieser wedder op twölf. Fief Minuten sünd vergahn. Un kiek, de Wieser is baven, un de hele Spijökenkraam is weg. In den Momang, as de Wieser vun 59 op 60 jumpen deit, dor treckt Mattschiev un Luutspreker allens in sik rin. Meist meenst du, du höörst dat slappern. Heel kort blots. Dat blaue Licht vergeiht. De lütten roden Lampen warrt wat heller. Allens is as vörher. Dat warrt sik nienich ännern.

Is dat wohr?

Nich inslapen, Herr Heeschen, ümmer düchtig döraten! Ogen apen holen! Herr Heeschen!
Op mien Handrüch sitt en överbasig grote Imm, mit veer sünnengele Flünken un en gresigen Suugrüssel, root as Bloot. De suugt mi ut. Mien Kopp warrt daaldrückt vun en Stahldreger. He liggt dor as en sülvern blenkern Iesenbahn-Schien. De Wehdaag kann ik gor nich mehr utholen. Ünner de Deck hangt de Fru und snackt enerwegens op mi in. Se hett en Muul, groot as en Schünendöscher. Un de sett sik nu ok noch op den Stahldreger, löppt gröön an. Ik will ehr wat toropen, man dor kümmt blots en undüüdlich Janken deep ut mi rut.
Hannes, wat maakst du blots? Du dörvst mi nich verlaten, Hannes! Bliev bi mi!
Meist höört sik dat an, as wenn dor en heel grote Fuust mien Auto tohoopdrücken deit. Pulteravend ok noch dorto. Glöös gaht twei. En Boomstamm liggt vör mi op den Schoot, jüst twüschen de Armaturen un mien Buuk. Överall brickt dat nu op an den Stamm, lütte gröne Müggen kaamt dor rut un stiegt op. Een dorvun hett en Gesicht as Inge. Se küselt mi üm den Kopp. Mal achtern, denn kann ik ehr blots hören, denn wedder vörn üm mien Nees. Se singt en Leed. De Boomstamm rullt daal op mien Fööt. Ik geev Gas un will dat gor nich.
So, nu hebbt wi dat foorts henkregen, seggt de Imm. Ik geev Se al mal en Sprütt, Herr Heeschen. Denn lett de Wehdaag na. Herr Heeschen, hebbt Se mi verstahn?
Ik heff allens verstahn. Se kümmt mit en lange scharpe Mess, meist as en Kortsweert vun de olen Sassen.

Vörsichtig sett se de mit de Spitz nerrn an mien Arm an. Dor maakt de Lüüd sik sülvst doot mit. De Stahl blenkert. Baven an'n Heven küselt de Müggen. Dat sünd so veel, dat se meist utseht as een enkelt Deert. Se sirrt nich mehr, se brummt gresig, kaamt mal neger, mal gaht se wedder torüch. De Boomstamm kippt vörnöver, heel sachten. He warrt op mi ropfallen. Dat Blick vun mien Auto gnartscht. Un denn geiht ok noch en Hamer los un haut dat tosamen. Nu is dat en Plaat mit veer Benen, en Disch. Ik luer dor ünner rut. Över mi hangt en glinstern Lamp.
Se warrt glieks inslapen, Herr Heeschen. Un denn kiekt wi mal, wat wi mit Se maken köönt. Föhlt Se noch wat, Herr Heeschen?
De Keerl nimmt en Biel un haut mi dat Been af.
Ne, segg ik. Ik föhl nix mehr.
Dat is goot, seggt de Draken, stött Füer ut sien dree groten Neeslöcker un leggt dat Biel bisiet.
Hannes, hool dörch, röppt dat vun achtern. Dat weer Inge. Wiss weer se dat. Ok wenn ehr Stimm sik anhören dee as de vun en Imm. Dat summt so luut in un üm mien Kopp rüm.
Se föhlt nu gor nix mehr, Herr Heeschen. Is dat so? Wi mööt uns ranholen. Wat seggt sien Puls?
Nu frääst sik en Motorsaag in mi rin. Neem is dat? Baven, nerrn, achtern, vörn? Links kümmt de Boomstamm ümmer dichter an mi ran. He kippt to Siet, leggt sik op mien Schoot, twüschen Armaturen un mien Buuk. Ik strakel den Boomstamm. Dor brickt he op, ümmer dor, neem sik de Bork en beten afschellen deit. Dor löppt Bloot rut. Un dat gnartscht luut. Müggen sirrt rop na'n

Heven. Se riet ehr gresig groot Muul op, störr sik op mi daal. De Sünn geiht op, dat warrt mollig warm. Wat Swartes flüggt vör de Sünn vörbi. Un stött mit wat Wittes tosamen. Dat gnartscht luut, de Sünn is ut glinstern Blick. Se warrt tosamenstuukt, bet blots noch en Plaat nablifft, mit veer Been. Ik luer dor ünner vör. Över den Disch hangt en överbasig grote gresig grell strahlen Lamp.
Wi mööt noch mal wieder daal kieken. Dor kickt Knaken rut. Wat seggt de Blootdruck?
De Boom blött. Dat Bloot löppt mi över de niege Maibüx. Ik kann mi nich rögen.
Weer Inge dat? Ik mutt mi Möög geven, düchtig de Ohren opsparren. Denn höör ik ehr villicht noch mal. Inge, neem büst du afbleven? Sweevt se dor baven? Merrn mang de Müggen? De warrt füünsch un riet ehr Muul op. Wat Swartes flüggt dor vörbi un wat Wittes achteran. Wedder dat Swarte un dat Witte, dat Swarte un dat Witte … Ik will dat nich mehr sehn! Ik will, wat dat Farv kriegen deit. Dat Swarte sweevt un dat Witte achteran. Bloot löppt den Boomstamm daal. De Müggen stört sik dorop un slickt dat op. De Imm op mien Handrüch warrt lütter nu. Un explodeert miteens.
Herr Heeschen, Se mööt waken warrn! Ümmer egalweg wiederaten. So is dat goot. Blievt Se bi un aten, aten, aten, enerlei weg. Se hebbt dat överstahn.
Ik heff dat överstahn? Wat weer mit mi? Neem bün ik?
In't Krankenhuus, Herr Heeschen. Se harrn en Autounfall.
Dat is en junge Fru, keen Imm! Un se hett mi hööört! Se hett mi hööört! Se hett mi würklich hööört!

Lootrecht blifft lootrecht

Lootrecht blifft lootrecht. Un all Lienen in de Waag dreept sik in den Fluchtpunkt. Dat sünd de beiden Gesetten vun de Zentraal-Perspektiev. Sodennig kiekt wi, sodennig funkschoneert uns Ogen, doran mutt sik en Maler holen. All lootrechten Lienen blievt ok op sien Bild lootrecht: de Siedenkanten vun de Hüüs, de Bööm, de Lanteernpahlen, de Minschen, wenn se gaht oder staht, de Tuunpahlen, de Sieden vun de Dören un de Finsters. Allens, wat sik liek na baven recken deit, dat blifft in uns Oog, op dat Foto un op dat Bild vun en Künstler lootrecht. Jüst so as in Wohrheit ok. Wenn dat nich so weer, geev dat en dulle Kuddelmuddel. Anners bi de Lienen in de Waag. Op't Bild un in't Oog dreept se sik in en fiktiven Prick, den Fluchtpunkt: de Böverkanten vun de Hüüs, vun de Finsters un Dören, de Straten un Footstiegen, de Minsch, wenn he liggen deit, dat Blomenbett, de Stroomwier, de Goornheck. Man dat is in Wohrheit heel un deel anners. Dor blifft allens in de Waag. Parallele Lienen dreept sik eerst dor, neem dat keen Enn gifft. Wenn dat nich so weer, denn wörrn de Tegels vun't Dack ruuschen, de slapen Minsch wörr sinnig ut't Bett glieden, op de Straten kunnen sik de Autos nich holen un op de Footstiegen de Minschen ok nich.

Liekers gellt de Zentraalperspektiev af un an ok för Minschen. So as jüst in düsse Tiet. Op grote Lienen in de Waag loopt, kruupt, sliekert un drievt se vun een Steed wiet weg op den Fluchtpunkt to. Un dorbi stööt se denn op de Lootrechten, de ümmer lootrecht blieven doot.

Liekers dat anners anfangen deit. Dor kippt dat lootrechte Huus op de Siet, de Finsters un de Dören breekt rut, de Waterfallrohren kippt na vörn daal, de Glasschieven splittert un fleegt as Kugels ut en Scheetgewehr mit grulichen Larm över de Straat un warrt opfungen vun Minschen-Fleesch, faken noog vun heel junge Minschenfleesch. Denn dor vörn is de Speelplatz oder dat, wat dorvun noch na is merrn in Aleppo. De lootrechten Masten un Pahlen böögt sik op de Eer daal, as wullen se en Dener maken vör de poor Minschen, de dor noch leven doot. Man de fallt ok üm.
Lootrecht is hier nich mehr lootrecht. De Zentraalperspektiev in Aleppo is ut'n Kurs. Uns kommodige Veer-Stuven-Wahnung in dat Gruus un Muus, wat jüst even, vör en lierlütten Momang, vördem de Fattbomb mit hartlich Gröten vun uns Staatspräsident, daalgahn weer, wat jüst even noch en Huus mit söss Etagen weer, de geev dat nich mehr. Ik harr dor tohoop mit Mina leevt, wi weren glücklich west, so glücklich, as een jüst so wesen kunn, wenn in anner Stadtdelen blangenan ümmer mehr Hüüs in sik tohoopfallen doot un wenn een al gor nich mehr tosamentucken deit, wenn dat wedder rumst rund üm uns to. Un ok uns dree Döchter Aylin, Samira un Mayla, de dree Orgelpiepen, as Mina ümmer see, all twee Johr uteneen, 12, 10 un 8, ok se harrn sik dormit affunnen, wat Bang de gröttste Rull spelen dee in ehr Leven. Blots uns lütt Samir, de worr elkeen Maal füünsch, wenn dat wedder ballern dee, enerwegens in de grote tweischaten Stadt, een vun de öllsten, de dat in de Minschengeschicht schierweg geven deit. Denn reck he sien lütte Fuust piel na baven

un drauh de Monsters dor baven, de em un sien Familie an den Kraag wullen.

As uns Huus sik in Dood bringen Splitters verwanneln dee, in Asch un Sott, in Stoff un Schutt, in Bloot un afreten Arms, in lierlütten Stücken vun Kledaasch, Kloschötteln un Speeltüüch, mit dat keeneen mehr spelen kunn un wull, do weren wi nich bi't Huus west. Oma harr Geboortsdag hatt.

Nu, as dat in uns Leven keen Lootrecht mehr geev, as nix mehr openanner stunn, keem blots noch de Waag in Fraag, de Reis na den Fluchtpunkt. Düütschland. Dor leev al mien Broder, tohoop mit dat, wat vun sien Familie noch överbleven weer. Twee vun sien Kinner un sien leve Fru Leyla weren verdrunken in't Middelmeer. Nu holp dat nix mehr. Wi mussen utneihen. Tohoop mit uns Tokunft. Uns veer lütten Kinner. Mina un ik, wi weren Schoolmesters för Mathematik. Lang harrn wi uns dorgegen to Wehr sett. Uns weer dat in Syrien nich leeg gahn. Mit uns örntliche Profeschoon. Mit dat Geld, wat wi na Huus bringen deen, kunnen wi leven. Un meist fief Johr lang schien dat so, as wenn de Krieg üm uns rüm en groten Bagen maken dee. Merrn dör de Stadt leep de Grenz twüschen de beiden Sieden. De schull een mööglichst nich to neeg kamen. Man denn dat Fatt vun baven. Un nix weer mehr, as dat vörher weer. Lootrecht weer nich mehr lootrecht.

So denn nu op den Weg. Na Noorden to, na de Türkie. Tohoop mit dusend annern. All vullpackt mit dat beten, wat se funnen harrn, wat Oma un Opa, de Bröder un Süsters, Navers oder Fründen jem mit op den Weg geven harrn. En beten Kledaasch. En lütt beten to eten un to drinken, wat se tominnst de eersten Daag över de Runnen kemen. En Hand vull Biller vun ehr Leevsten, de bi't Huus blieven – mussen – noch. Tohoopraakt in Kuffers, Taschen, Plastikbüdels mit afreten Henkels, in en Felliesen op den Rüch. Un en Smartphone. Dat harrn wi meist all. Dat weer uns eenzige Draht na Huus. Dor helen wi uns an fast. Un dat weer ok de eenzige Weg, allens dat ruttofinnen, wat noch vör uns leeg. De Padd na Noorden gung gau. Man denn weer dat miteens wedder dor, dat Gesett vun de Zentraalperspektiev. Lootrecht blifft Lootrecht. En Tuun, so hooch as dree Mann, deelwies en Muer, un enerwegens dor binnen en Lock. Man dor stunnen Lüüd mit Scheetgewehren un leten uns nich dör. De Grenz weer to. Op düsse Siet blieven? Dor muss dat en Weg geven. En Lock, wo keen Scheetgewehr töven dee. Lootrecht mit Lock. Un wi funnen de Löcker, kemen na de Türkie rin un dör dat grote Land dör, bleven an't Leven op den natten Weg över dat Middelmeer, lannen op Lesbos twüschen Gummibööd ahn Luft. De segen jüst so doot ut as de Minschen, de se en Deek översmeten harrn, wieldat se dat nich schafft harrn. Wieldat se dat jüst so gahn weer as Ikarus, de mit sien Vadder Dädalus ok blots vun Kreta in de Frieheit flegen wull. Un do weer Ikarus de Sünn to neeg kamen un afstört. Meist dorhen, neem nu veel to veel ehr Lengen na Frieheit mit dat Leven betahlen mussen.

Un noch wat keem dorto, worövér wi uns man knapp Kummer maakt harrn. Överall, neem wi nu henkemen, dor snacken de Lüüd anners. Keen Woort kunnen wi mehr verstahn. Dat weer heel anners west in Syrien. Dor harrn wi all de Lüüd verstahn, mit de wi to doon harrn.

Un elkeen harr uns verstahn. Spraak is Heimat. Un butenvör, dor leevt de Barbaren. Dat hebbt de olen Greken al seggt. Man nu snacken de Barbaren uns egen Spraak. Wat goot, dat Mina un Aylin tominnst en beten Ingelsch verstahn un snacken kunnen. För dat Wiederkamen lang dat, man nich för dat Wollföhlen un al lang nich för dat Geföhl vun Heimat. Dat keem uns afhannen, heel suutje, Stück för Stück.

Un wieder güng dat op de Lien in de Waag vun Lootrecht na Lootrecht. Över de Grenz na Mazedonien, enerwegens dör dat Kosovo na Kroatien rin un na Slowenien. Jümmers funn sik en frische Lock för Mina un mi un uns veer Kinner. Woans wi dat bet dorhen schafft harrn, kunnen wi al lang nich mehr seggen. De swarten Hoor kleven op den Kopp as billige Prüken, de brunen Ogen weren mehr to as apen. Ümmer harrn wi nix anners vör Ogen as den Fluchtpunkt. Düütschland. Denn güng dat dör Österriek. Den Naam harrn wi noch nienich höört, jüst so as de Naams vun de annern lütten Länner, de wi vörher passeert weren. Wedder anner Spraken. Den Toorn vun Babel hett dat wiss un wohrhaftig geven! De araabsche Heimat is op de anner Siet vun de Welt. Dor warrt wi nienich mehr bi't Huus wesen. Spraak is Heimat. Mina keek mi an, ehren Junis. Ik bün en hooch opschaten ranken Keerl mit en lütten swarten Boort ünner de Nees. Un ik keek mien Mina an, de düchtig wat lütter is as ik, man ok düchtig wat steviger. Ok wenn dat dorüm güng, Leges uttoholen. Nu drepen sik uns Ogen, in de sik al so veel Malöör spegelt harr, un för en lierlütten Momang weren wi uns eenig in en överminschlich grote Truer. Man blots för en lierlütten Momang.

Denn keem al dat letzte Lootrecht: de Grenz na Düütschland. Güntöver en Lager, veel dusend Minschen, de mehrsten ut Syrien, jüst so as wi ok, veel, veel Kinner, veel junge Lüüd, veel mehr Mannslüüd as Froons. En poor Daag verpuusten. Weer dat de Fluchtpunkt? Dreept sik hier all de Lienen in de Waag? De ut Afghanistan kaamt un ut den Irak, ut Albanien un ut Marokko, vun överall dor, neem de Lüüd dat leeg geiht? Goot weer, wat hier de sülvige Spraak snackt worr as in Österriek. Man wat weer dat för en Spraak? Kunnen Minschen vun buten de överhaupt lehren?
Miteens marken wi, wat dat Bild wedder apen gung. Dor weren niege Lienen in de Waag, de Fluchtpunkt neih vör uns ut. Papeer mit Stempel op. Dor stunn, neem wi henschullen. Nich wullen. Woso ok? Wi kennen dat dor doch gor nich. „Droögmoor" stunn op dat Papeer.
Dat weer wiet weg in'n Noorden, harrn de Lüüd achter den Tresen seggt, vördem se den Stempel opdrückt harrn. Un harrn fründlich keken dorbi. Na de Oort: „Bloots Kraasch! Dat warrt al warrn! Dor is dat moi, dor baven!" Wenn nu al so wiet in'n Noorden, weer dat denn nich beter west, glieks na Sweden wiedertofohren, dorhen, neem uns Naver vun güntöver al in't verleden Johr gahn weer? Un neem he nu al en feine Baantje funnen harr? Un sien Dochter al in de School gung? Man nu weer dat to laat. Düütschland weer de Fluchtpunkt west. Un dor, merrn in den Prick, seet mien Broder. Keen kunn weten, dat Düütschland gor keen Prick weer? 1000 Kilometer vun Süüd na Noord, veel grötter as Syrien. Un keen kunn weten, dat wi dor opdeelt worrn? Un keen kunn weten, wat dat dor merrn in't grote Meer

Eerhümpels gifft, neem Minschen op leven doot? Un wenn dat Water höger stiegen dee, denn keek gor keen Eer mehr ut dat Water. Blots noch de Hüüs, de nerrn verrammelt weren. „Halligen" nömen se de Eerplacken dor. Dat harrn wi middewiel rutfunnen.
Un nu stunnen wi an en Haven un töven op dat Schipp, wat uns översetten schull. Glücklich keek keeneen vun uns söss. Vör uns segen wi dat griese Water, dat hüüt sinnig an de Kaimuer schülpern dee. De Moordsee geev sik freedvull. Wiet buten lüücht en hogen witten Toorn op en Insel, kahle spiddelige Bööm weren in den Modder rammt. Man de Lüüd, de uns al an'n Bahnhoff willkamen heten harrn, de weren alltohoop so fründlich op uns tokamen. Se harrn uns de Packelaasch afnahmen, harrn uns vörsichtig op de Schuller kloppt, harrn de Kinner glieks lütte Speelsaken in de Hannen drückt, Ball, Füerwehrauto un lütte Stoffdeerten. Dat eene seeg ut as en Hund, harr aver keen Been, man bloots Flünken. Ik keek Mina an. Se harr Tranen in de Ogen. Ik faat ehr vörsichtig üm. Dat tru ik mi al, liekers anner Minschen mi dorbi tokieken kunnen. De Kinner berappeln sik suutje. Se wiesen op de Scheep op de Güntsiet vun den Haven, de Sünn, de sik in dat griese Water spegel, de groten Kraans en Stück wieder langs. Na un na föhlen se sik as op en Schoolutfloog, düch mi, vun de wi af un an vertellt harrn. Fröher harr dat sowat ok in Syrien geven.
Un denn keem dat Schipp. Un denn weren wi ok al dor. De Fluchtpunkt weer doch en lierlütten Prick. Dor lepen all de Lienen in de Waag tohoop. De Prielen, dat Settboord un de Kimming. Wieder weg kunn dat nich mehr gahn. Hier weer dat to Enn. Man wat för en Enn?

Mina harr jümmers noch Tranen in de Ogen. Se kunn nich glöven, wat se seeg. En Hümpel Eer raag ut den bruun-griesen Modder, gröön un fast. Dor stunnen söven Hüüs op. Een dorvun harr en lütten Toorn. Seeg meist ut as en Kark. Autos weren dor nich to sehn. Minschen ok nich. Blots Deerten. Schaap. Veel Schaap. Un en lierlütte Straat vun den Anlegger na de Hüüs to. De Sünn strahl piel vun baven daal, dat glinster op den Modder un de Waterrünnen. Meist geev dat Wehdaag in de Ogen. Un denn marken wi beiden Schoolmesters ut Aleppo: De Lüüd, de dor op den Hümpel wahnen deen, de harrn uns al afhaalt, de weren mit an Boord vun dat lütte Schipp. Dor in de Hüüs, dor weer villicht nüms. Mehr as foffteihn Lüüd kunnen dor ja meist ok gor nich leven. Mina süüfz op, ik keek ehr nadenkersch an. Man de Kinner, de harrn sik verwannelt siet den Haven op de anner Siet vun dat Water. Se strahlt üm de Wett, plappert in hoge Töön uns araabsche Wöör mitenanner, höögt sik över dat Nie'e, wat dor op se töven deit, un wat so heel un deel anners is, as dat, neem wi herkamen doot. Blots Freden. Ut den Heven Sünn, villicht mal Regen, man wiss keen Fattbomb.

Kort vördem dat lütte Schipp anleggen dee, as de Tranenfloor en beten Licht dörleet, dor stunn en Bagen an den lütten Haven. Opstellt ut Holtpahlen un ümwunnen mit Blööm un Grööntüüch. „Hartlich willkamen!" stunn dor op en Pappschild, wat baven ünner dat Dwarsholt sinnig in den liesen Wind danzen dee. Wedder en anner Spraak. Liekers wi doch in Düütschland weren. Oder doch al in Ingland? Dat höört sik meist so an as Ingelsch. Man kunn dat angahn? Un denn legg dat Schipp an un to glieke Tiet, nipp un nau de glieke Tiet, meist so, as harr en Schalter an de Kaimuer baven op den Hümpel all Dören opreten, dor kemen vun baven Minschen ut de Hüüs, dree Kinner dor mang, öllere Lüüd, en poor Fruunslüüd. De Mannslüüd, de weren meist all op dat Schipp. Minas Ogen worrn wedder dröög. So veel Fründlichkeit. Kunnen so'n Minschen sik schierweg vörstellen, wat wi dörmaakt harrn? Un denn so pottendicht openeen, mit so'n Minschen? Woans schall dat gahn? Ut en Grootstadt, in de mal twee Millionen Minschen leevt hebbt, op en Hallig mit dree oder veer Hannen vull? Ut en Stadtdeel mit Ladens un Kröög, mit Straten, Taxis un Parks – tominnst fröher mal, na en lütten Placken gröne Land merrn in't grote Water, mit en Laden, de man knapp en is? De Kroog, de blots in Sommer för de Touristen dor is, en Straat för den Trecker vun den Schaapsbuern, mit en Bank op den Diek, vun de een blots noch mehr Water sehn kann un anner Eerhümpels wiet weg? Un mit Minschen, de all in ehr egen Spraak snacken doot? De heel anners is as in Österriek un in Düütschland? Spraak is Heimat. Weer dat hier en egen Land? Kunn dat överhaupt uns Heimat warrn?

Lootrecht blifft Lootrecht. En halve Johr hett dat duert, överall ünnerdörch to krupen, de Löcker to söken, de Hapen nich to verleren, mit Luft in't Boot antokamen, jümmers dat Teel vör Ogen, den Fluchtpunkt, de an't Enn veel grötter weer as wi dat dacht harrn. Un de denn doch so lierlütt is, as en Fluchtpunkt dat tosteiht. Neem sik all de Lienen in de Waag drepen doot. Man wat is, wenn wi dat Bild annersrüm holen doot? Wenn wi vun den Fluchtpunkt ut kieken doot? Denn loopt de Lienen wedder uteneen. Ahn End. Un dor staht wedder vele Lootrechten in den Weg. Un enerwegens ok welk, de ümfullen sünd, de sik nich mehr an dat Gesett vun de Zentraalperspektiev holen doot. De sik an keen Gesett vun düsse Welt holen doot. Neem nüms mehr leven will. Neem de Baas vun dat dore Land sien egen Volk utraderen un rutsmieten deit. Un wüllt jem nich friewillig, denn bruuk ik Gewalt! Dor gifft dat keen Fluchtpunkt mehr.

Tweireten

De Luft warrt tweireten. Merrn dör. Nich mit en enkelten Knall, dat plant sik wieder, höllt an. En gresigen Larm as en Gewidder heel neegbi. En hevengroot Stück Linnen, wat groff uteneen reten warrt.

Miteens gifft dat en Vörher un en Naher. Vörher seet ik an uns groten Disch in de Wahnstuuv un all weren se üm mi rüm. Wi hebbt fiert, eten un drunken, hebbt uns höögt. Nu sitt ik alleen.

„Du schasst afhauen", hett de Fattbomb seggt, vördem se de Luft tweireten hett.

Ik will ehr antern, man ik heff keen Spraak mehr.

Un denn loop ik, swümm un fohr, loop wedder, klatter un kruup, veel Daag lang, veel Weken, veel Maanden lang.

„Wieder," bölkt de Fattbomb mi achterna, „noch wieder weg!" An'n leevsten much ik ehr antern.

Mit de Tiet warrt se liesen. Heel wiet weg is de Luft tweireten un hett mi de Spraak nahmen.

Üm mi rüm sünd anner Spraken. Höört sik an as Immen, de enerwegens summen doot. Ünnerscheedlich summen doot. Mal wat deper, mal wat höger, mal wat luder, mal wat lieser, mal week, mal groff. Ik verstah jüm nich. De Immen mi ok nich. Dat maakt mi bang.

Nu heff ik en nie'en Naam un en niege Profeschoon. Nu heet ik „de Frömde". Ik mag den Naam nich, ik mag ok de Profeschoon nich. Ok de Immen möögt dat nich. De Fattbomb hett mi't opdrückt. Ik kunn dor nix gegen doon. Lever weer ik wedder bi't Huus an den Eetdisch mit all üm mi rüm. Man do weer de Luft miteens tweireten.

Villicht gifft dat hier en niegen Eetdisch? Villicht lehr ik dat Summen?

Wenn dat doch wedder vörher weer!

Wiehnachtsglinstern

Dor harr en Uul seten

Ümmer, wenn Opa vun buten, vun den Goorn rinkamen weer, sik wuschen un ümtrocken harr, weer he na binnen in de Stuuv kamen, harr sik dat Blatt vun den Schriefdisch nahmen un sik op sien leefsten Stohl sett. Den olen groten Pulsterstohl mit de utbuulten Fööt nerrn, meist as de vun en Elefant, mit de Lehn ut Ekenholt, de sik sachen un rund üm sien Rüch swung un an't Enn utleep in twee dreihte Snicken. In de Breed un Liesten, de de Lehn mit den Sitt verbinnen deen, weer wat insnippelt, dreihte Figuren, över de se ümmer nagruveln dee, as se noch lütt weer. Schullen dat Deerten wesen, en Uul villicht, oder Planten? Ümmer wedder kunn se, wenn Opa dor nich in seet, doröver mit de Fingers strakeln un sik överleggen, wat dat wull wesen kunn. Wenn he avers dorop seet, legg he meist de Hannen op dat Enn vun de Lehn, dorhen, neem se al in de Snicken övergung. Un wenn he denn nix mehr to lesen harr un man blots noch ut dat Finster blangenbi kieken dee, denn klopp he mit de Fingernagels, de ümmer tämlich lang weren, en Marsch op dat eken Holt, een vun all de, de em in sien lange Leven bemött un nienich mehr ut den Kopp gahn weren.

Se seet em in de Schoolferien denn faken to Fööt, op

Omas Footbank, speel, wenn he dat Blatt lees, mit ehr lütte Poppenköök, de he mal för ehr buut harr. Un wenn he fardig weer mit dat Blädern, keek se na em op. Un faken weer dat för em dat Teken, wedder wat to vertellen ut de olen Tieden, as he noch en grote Fischrökeri in den Jumfernstieg hatt harr un sien Lastwagens meist elkeen Dag vun Eckernföör na Hamborg fohrt weren, frischen Fisch rantokriegen, so lang, bet em de Fohrers ok noch dat letzte Hemd uttrocken harrn, wieldat se op de Fohrt ümmer ehr egen Gewarf nagahn weren un he dat nienich wies worrn weer.

Laterhen, as se al lang en Fru merrn in ehr besten Johren weer, weer Peter ehr weglopen, harr ehr sittenlaten mit de lütte Katrin un weer utneiht. Keeneen wuss, neem he afbleven weer. Sien Müüs, de he för ehr un de Deern to betahlen harr, verleev he sachts enerwegens ünner Palmen mit en knackige junge Fru in'n Arm. Un denn weer se böös in Noot kamen. Dagsöver arbeiden gahn – dat weer nich mööglich west. Woans schull dat ok mit dat Kind, dat jüst in de drütte Klass kamen weer? Avends kreeg se Jobs achter'n Tresen. Weer nix Dulles, ümmer wullen de Keerls wat vun ehr. Un liekers se sik Avend för Avend wedder henslepen dee, dat Geld lang meistto bloots dorför, wat se beide nich Smacht un Döst lieden mussen.

Ja, un denn weer Wiehnachen west un Katrin harr sik so dull en Dweerfleut wünscht, wieldat se in den Speelmannstog so knapp weren mit Instrumenten, un de Fleut weer al foorts, as se dortokamen weer, ehr leefste Instrument west. So harr ehr Mudder an en Vörmiddag, as Katrin in de School weer, den olen eken Stohl nahmen, de sien Ehrenplatz in de Wahnstuuv harr, siet Opa vör meist twintig Johren dootbleven weer. Ümmer, wenn se harr Roh finnen wullt vun dat veel to gaue Leven, wenn se sik op fröher besinnen wull, op Opa, op de moie Tiet in de Ferien, wenn se em to Fööt op de lütte Footbank setten harr – denn harr se sik op den Stohl sett, un as wenn dat Holt allens spiekert harr, do floot dat Besinnen in ehr un överspööl ehr meisttiets heel suutje un mollig. Nu harr se em nahmen un weer üm de Eck na Fiete sien Laden gahn, neem he allens düer an de Touristen verköff, wat he sik bi de Huushooltsoplösens, de he all poor Daag in't hele Land dörföhren dee, ünner'n Nagel reten harr.

He geev er fiefhunnert Mark för den Stohl, sachts weer he dubbelt soveel weert.

„Avers ik haal em in een Jahr wedder", harr se to Fiete seggt un em dorbi mit den Wiesfinger drauht. „So lang dörvst du em nich verkopen!" As de Ladendöör bi't Rutgahn wedder pingel, reep se noch över ehr Schuller torüch: „Un gah goot mit em üm!"

Na een Johr weer ehr dat ümmer noch nich veel beter gahn, noch dree Maanden gungen in't Land, vördem se opletzt de Vörmiddagssteed in den Fotoladen kregen harr, op de se al scharp west weer, as Peter noch bi ehr weer. Un denn, knapp, wat se dat eerste Geld op't Konto hatt harr, weer se na Fiete rövergahn. Avers in sien Laden weer en annern Keerl west, een, den se nich kennen dee. Un de wuss nix vun den schönen olen Stohl ut Ekenholt mit de Snicken an de Lehn un en Uul achtern an't Brett. Fiete weer in de nie'en Länner gahn, foorts na de Wenn, vertell he, avers woneem he afbleven weer, dat wuss he ok nich. Tosamen harrn se noch den helen Laden un dat Lager achtern in den Hoff dörchsöcht, avers den Stohl harrn se nich funnen. Fiete harr woll en poor Stücken mitnahmen, vertell de Keerl, nich veel, denn dor, neem he henwull, schull ja woll dat Schlaraffenland för Hökers vun sien Oort wesen, harr he em noch vertellt hatt.

Nu weren al wedder söven Johren in't Land gahn. Katrin weer in't eerste Lehrjohr, un siet meist söss Johren leev Heiner mit de beiden ünner dat Dack vun sien feine lütte Reitdackhuus, wat he sik sülvst ut en verfullen ole Kaat torechtbuut harr. Sietdenn weer se glücklich west, dat Alleensien harr ehr böös tosett hatt. Heiner weer en leven Keerl, op den se sik ümmer verlaten kunn. Een Week vör Wiehnachten harr he noch mal na Rostock musst. De Utbillenssteed dor wull wat mit em planen för dat nie'e Jahr, harr he ehr vertellt un harr düchtig schimpt, wat de dat so laat infullen weer. Avers he muss dorhen, wieldat se mit em en poor nie'e Kurse för de jungen Lüüd anbeden wullen.

As he torüchkamen weer, do weer he anners. Foorts weer ehr opfullen, wat he geheemnisvull dee. Ok wenn he versöch, dat to verbargen, so goot as he kunn. Avers he kunn dat nich goot. He harr dat noch nienich kunnt. He slieker üm ehr rüm, vertell knapp wat vun sien Besöök in Rostock, blots en beten wat vun de Stadt, den Wiehnachtsmarkt, meist gor nix vun sien Arbeit dor, wat se besnackt harrn för't nie'e Jahr. Se wull dat nich glöven, man dor kroop männicheen Infall in ehren Kopp, de betto nienich dorwest weer. Ümmer harr se sik op em verlaten un ok verlaten kunnt. Kunn se dat miteens nich mehr?

Un denn keem de Hillige Avend. Katrin weer bi't Huus bleven, ok wenn se eerst noch mit ehr Fründin in de Disco wullt harr. Man denn harr de sik dat noch anners överleggt, un so bleev ok Katrin bi Heiner un ehr Mudder. De weer de verännerte Mann in de verleden Daag meistto wat op den Maag slagen. Egens harr se knapp noch Lust op Wiehnachten hatt un sik faken al wünscht, wat dat man gau to Enn gahn much. Jüst an düssen Dag weer Heiner ümmer gediegener wurrn.

Dat Bescheren keem. As ümmer in de Johren dorvör, harr he noch alleen allens in de Stuuv torechtmaakt, denn pingel he, as Katrin dat wennt weer ut de Tiet, as ehr noch de Wiehnachtsmann de Geschenken bröcht harr. Se leep denn ok as eerste rin, freu sik över den schönen Dannenboom, de he wohrhaftig noch schöner smückt harr as sunst. Dat full ok ehr Mudder op, un se keek em dat eerste Mal siet en poor Daag wedder in de Ogen. De blenkern so gediegen. Do full ehr Blick op en grote unförmige Pack, so groot as en Kantüffelkist, inslagen in brune Packpapeer, mit en brede rode Sleuf rundümto un en Zeddel vörn op, wo kloor un düütlich ehr Naam op stunn. Se verfehr sik, as se dat wies wurr. Se harrn sik in de verleden beiden Johren nix mehr schenkt un sik vörnahmen, för dat spoorte Geld lever mal schöön eten to gahn oder en lütt Reis to maken. Un nu dat. Harr he en slecht Geweten? Wull he ehr wedder torüchwinnen, ehr, de he in de verleden Daag al meistto verloren harr?

As anwuttelt blifft se stahn, knapp, wat se in de Stuuv rinkamen is. Katrin hett al lang anfungen, de Paketen, de ünner den Dannenboom liggt, uttopacken. Dat grote Ding dor blangen ehr kickt se gor nich an.

„Kumm!", seggt Heiner liesen un sien Ogen blenkert noch duller as jüst.

‚Do ik em Unrecht?', schütt ehr dat dörch den Kopp. Un se sett een Foot vör den annern.

„Tru di!", seggt he wedder, un sien Stimm is so leev as ümmer.

Se truut sik. Vörsichtig maakt se de Sleuf af. Blots een Knütt höllt ehr tosamen, denn sackt dat rode Band na nerrn op den Footbodden. Dat Packpapeer warrt mit Kleevband tohoopholen. As wenn dat to weertvull is för't Tweimaken, fummelt se heel suutje de Striepens vun den brunen Ünnergrund. Dat Papeer löös sik, fallt uteneen. Ekenholt kümmt to'n Vörschien un en snippelte Muster dorop, süht meist ut as en Uul.

„Ne!", röppt se, wankt torüch, söcht en Stohl, sik doroptosetten.

He weet nich, wat he ehr jüst in düssen Ogenblick en dubbelte Geschenk maakt hett. Opas Stohl un em sülvst noch dorto.

Un denn fallt ehr dat as Schuppen vun de Ogen. Rostock, de nie'en Länner, Fiete, de Höker, de domals afhaut weer in't Schlaraffenland un Opas Stohl liekers mit-nahmen harr. Un ehr Tranen fallt ehr wedder in, de se vergaten harr, as se ut den Laden rutkamen weer un noch mal laterhen, as se ehr Mudder dat harr bichten musst, wat se dat schöne ole Arfstück so eenfach verloren harr. Ehr Mudder harr ehr domals trööst'.

„Tööv man af," harr se seggt, „meistto bemött een sik in't Leven tweemal. Woso schull dat mit en Stohl anners wesen?"

Un nu steiht he dor, vör ehr Ogen, de sik al wedder mit

Tranen füllt, to'n Griepen neeg. Man ehr Kneen wüllt ehr keen Deenst mehr doon. Se will opstahn un kann dat nich.

„Wo hest du dat vun wusst?", fraagt se Heiner dör den soltnatten Sleier dör. „Ik heff di dor nienich wat vun vertellt."

„Ne", antert he. „Dat hest du nich. Man du hest mi vör en poor Weken den olen Breef geven, den ik mal an di schreven harr, domals vör söss Johren, wieldat ik em so geern noch mal lesen wull."

He kickt ehr in de Ogen, de Dannenboom strahlt en kommodige Licht in de Stuuv, Katrin studeert in en Book, wat se ut een vun de Packs rutkregen hett, Heiners Ogen blenkert, as he op ehr togeiht un ehr Gesicht strakelt.

„Un dor weer en Breef vun dien Mudder an di dortwüschenrutscht", swiestert he ehr in't Ohr un gifft ehr en Söten op dat Hoor över de Steern.

De Boom

„De is jo dubbelt so düer as in't verleden Johr!" Fiete is suer. Fiefunfofftig Mark schall he betahlen för een Wiehnachtsboom. „Dor krieg ik ja en halven Woold för", schimpt he. „Annerlezt heff ik dörtig betahlt un keen Penn mehr!" Mit sien wullen Handschoh-Fingers tellt he den Verköper dree Teihn-Mark-Schiens vör.

Man de hett sik al lang de Fru blangen Fiete towennt. He hett dat doch nich nödig, sien smucken Bööm to verschenken. „Allens warrt dürer!", gnurrt he noch över den Rüüch na Fiete to.

De grippt sik sien Fohrrad un söcht dat Wiede – weg vun den dösigen Wekenmarkt, neem se di doch all blots utnehmen wüllt. He fohrt nich den körtsten Weg torüch na Huus. Dor töövt Suse, un de mutt he denn verkloren, woso he keen Wiehnachtsboom mitbröcht hett. Wenn he bi de Wohrheit blifft – ‚Du hest seggt, ik schall en schönen Boom kopen, man de dörv nich över dörtig Mark kosten'– denn gifft se em wedder een an de Ohren: ‚Du bist doch blots to sellig, mit de Verköpers to hanneln', un denn warrt se wedder „Döösbaddel" to em seggen. Dat flatscht em denn ümmer so'n beten fuchtig an'n Kopp.

Lever fohrt Fiete över de Straat un de Iesenbahn weg, an de Disco vörbi, na dat Holt to. Dor duert dat en beten länger bet na Huus. Un villicht fallt ünnerwegens ja en Boom vun'n Heven. Kunn doch wesen, oder? In dat Holt löppt blots so en smalle Sandweg lang. Fiete mutt böös oppassen, wat he nich jümmers in de Muddlöcker rinstüert. Dor, al wedder so en grote Lock! He neiht knapp an vörbi, un – miteens steiht dor en Dannenboom so dösig an den Weg, wat Fiete meist dorinruuscht weer, wenn he nich noch gau afsprungen weer vun sien Drahtesel.

Un denn steiht he dor un kickt den Boom an. Twee Meter twintig groot, rank un liek wussen, satt grön vun nerrn bet baven – en Bild vun en Dannenboom. Fiete fallt in, wat achter in'n Fohrradkorf noch de Saag liggt, de Heiner em scharpmaakt hett. Fiete luert sik üm. Keen Minsch to sehn. En Sweetparl löppt em de ieskole Steern langs daal un fallt vun de Näsenspitz op sien Jack. „Schiet wat! Wokeen sik nich sülvst helpen deit, den helpt keeneen!" Fiete kriggt de Saag her.

As he bi't Huus ankümmt, den Wiehnachtsboom in de eene Hand, dat Fohrrad in de annere, passt he nich dörch de Goorndöör. He lett dat Rad los, dat rullt torüch, knallt an sien Auto ran un schuppert dor so sachten von vörn bet achtern lang. Fiete meent, he süht nich richtig – en lange witte Spoor treckt sik över den grönen Lack. „Wiehnachten is düer!", schimpt he.

Denn warrt de Dannenboomfoot söcht. Rin mit den Boom. Scheef! Noch wat afsagen. Noch scheper! Noch en lierlütt Stück! Dor is en Twieg in'n Weg. En beten höger de Saag ansett. Nu steiht he. „Ik heff seggt, so groot as du", schimpt Suse. „Büst du blots een Meter fofftig groot?" Ehr Ogen kiekt al wedder so, as wenn se em opfreten will.

Rin mit den Boom in de Stuuv. Woso is dat ümmer so verdorrig drang dör de Terrassendöör? Achter Fiete maakt dat „ratsch". Oha, denkt de Mann noch, un denn höört he ok al Suse losblarren. De Vörhang hangt in twee Stücken na nerrn. „Dammig nochmal to!", kann he jüst noch bölken, do hett he al Suses Fuust in'n Rüch.

An'n Hilligen Avend, as jeedeen Talliglicht opletzt brennen deit, hebbt sik Fiete un Suse wedder verdragen. Een vun de Talliglichten maakt en Dener vör de beiden. Dat hitte Wass drüppelt op den niegen Teppich. Fiete hett vergeten, dat ole Wassdook ünnertoleggen. Suse löppt hoochroot an, ehr Stimm översleit sik. „Wiehnachten ist düer un luut", denkt de Mann.

An'n eersten Wiehnachtsdag-Morgen kickt Fiete in de Stuuv. Dor, güntsiet vun de Döör, steiht en nakelte Skelett. En poor blenkern Kugels, en poor Strähns Lametta un afbrennte Talliglichten sünd dorankleevt. Dat süht teemlich lachhaftig ut. Nerrn op den Footbodden liggt en Barg vun gröne Dannennadels. Un, jüst as Fiete langs hensleit, do weiht de letzte Nadel sacht as en Goosfedder vun den Boom na nerrn. „Unrecht Gut gedeihet nicht", meent Fiete sien olen Schoolmester noch to hören, vördem he de Besinnen verleert.

Wunnerwark an'n Hilligen Avend

Sünnerlich düüster is dat an düssen Hilligen Avend. Blots verenkelt blenkert hier un dor mal en Steern ut den swarten Heven op dat verlaten Noordseebad daal. Ümmer wedder dükert he in griese Wulken in, de gau över dat Firmament trecken doot. De stille, hillige Nacht dücht een meist wat unheemlich in düt Johr.
Allens is still rundümto. In de poor Autos op den Marktplatz spegelt sik de Maand, de nu jüst ok mal vörluern deit. Dat Raathuus op de anner Siet vun de Straat kickt mit dode, swarte Ogen röver. Dör de Finster vun dat Naturzentrum fallt en lierlütten Schien: De Fisch un Porren in de Aquarien dor binnen sind noch nich to Puuch gahn. De Straten, de vun den groten Platz as de Tacken vun en Steern afgaht, sünd blots as Löcker to sehn, de in't Düüstern föhrt. Dat is meist Klock acht an'n Hilligen Avend. Keen Auto, keen Footgänger, keen Fohrrad kümmt ut Schoolstraat, Fasanenweg, Badallee oder vun den Süüdstrand. De Minschen sitt woll all binnen in de warme Stuuv, eet, fiert oder töövt op den Wiehnachtsmann. Blots de Stöpen na de Olsdörper un de Dörpsstraat blenkert grell-witt in de swarte Nacht. As en

Muer, de ehr Farv verloren hett, treckt sik de Diek vun de Watersiet an den Marktplatz langs na Noorden to.

Dor achter reckt sik de Karktoorn op, een vun de achteihn, de dat op Eiderstedt geven deit: St. Petrus. Will he mit sien ranke Spitz de Wulken opspitten? En Dannenboom mit lütt Lampen luert ut dat Finster hooch baven na buten.

Gret hett sik nich en beten röögt, as se sik ümkieken dee. Blots ehr Ogen dreihen sik, un de Kopp güng eenmal na links un eenmal na rechts – man so langsam – elkeen, de dorbistahn harr, harr wett, se harr sik heel un deel nich röögt. Man se hett dat daan, as elkeen Johr, wenn de Hillige Avend do is. Sietdenn se mit Jan dor steiht, blangen den groten Marktplatz, mit ehr Ogen över de Gliep weg na de Badallee röver, freut se sik op düssen eenen Avend in't Johr. 365 Daag stillstahn, dat höllt op den Rüch! Un sik denn eenmal recken, dat is so schöön as nix anners op de Welt. To glieke Tiet stött ok Jan sik an sien Prigg na baven, maakt sik sachen liek. Dat hele Johr hett he de Olsdörper Straat in't Oog. Un nienich dörv he na Gret röverluern. Wo hett he dat mit verdeent? Ümmer, wenn de beiden Bornfiguren sik an'n Wiehnachtenavend enanner towennt, schimpt se toeerst op den dösigen Künstler, de se so opstellt hett, wat he ehr nich in de Ogen kieken kann un se em nich. Dorbi vertehrt se sik dat hele Johr na den annern.

Överall blifft dat ruhig in de Ümgegend, de Straten sünd leddig, nix is to hören as en Kattuul achtern bi de Kark un de liese Wind, de över den Diek strieken deit. Nu köönt se dat wagen. Gret sett ehr Gliep af, de Porren dor binnen fangt an, in dat överbleven Water to wuseln, wat dor noch in swappt vun den letzten Regen. Jan leggt de Prigg ut de Fuust un wennt sik heel sinnig üm. Dor steiht se, vun de he dat hele Johr över dröömt hett: sien Gret. Un ok se dreiht ehren fienen Lief em to. Un denn – hest du dat sehn? – fallt sik de beiden in de Arms. Se warmt sik en beten an em, ümmer freert se in ehr utsleten Kleed, wenn se dor ahn Strümp un Schoh in't ieskole Water steiht. Sachen strakelt Jan ehr över't Hoor un swiestert ehr ole Wöör vun Leevde in't Ohr.

Do sleit in den Karktoorn achtern Diek de Bimmelklock. Acht Mal will de klore Klang över dat Dörp weihen. Man noch vördem dat to Enn is, kümmt en lütte Jung ut de Olsdörper Straat üm de Eck stuven. As anwuddelt blifft he merrn in de Stöpe stahn. Dat kann doch nich wohr wesen! De Kopperminschen leevt? Dröömt he? Is em de Wiehnachtsgeschicht in't Gemeendehuus jüst to Kopp stegen? Is dat de Opregen vör dat Bescheren?

„Mama, Papa!", röppt he. „Jan un Gret hebbt sik röögt."
De Öllern kaamt nu ok üm de Eck. Se luert op de beiden Bornfiguren, dorhen, wo ehr Jung nu al henlöppt, so gau as he kann. Man dor röögt sik nix. Mama un Papa smuustert sik to. „De dor Töverie is doch wedder en beten veel för em!", geiht de beiden dat dörch'n Kopp. Jan aver schafutert in sik rin: Egens harr he noch so lang Tiet hatt, bet de achte Klockenslag ok to Enn weer! Nu heet dat wedder töven: een hele Johr lang.

Un denn, dat beed ik di, loop dor nich jüst kort vör Klock acht hen! Tööv, bet de letzte Klockenslag wegweiht is!

De Wiehnachtsmann

He maak dat nich to'n eersten Mal, man ümmer wedder kunn he sik över düssen dösigen Boort to un to dull argern. Ok wenn he man blots ut Watt weer, man dat kettel överall in't Gesicht. An'n leevsten wörr he sik egalweg an de Huut kleien. Man woans wörr dat utsehn? En Wiehnachtsmann, de sik egalweg kleien deit?
Ne, dat müss nu dörholen warrn. Un jüst hüüt keem dat dorop an, dat nüms wat marken dee. De lütten Kinner nich, de em as den wohren un eenzigen Mann vun den Heven ansehn deen, de groten Gören nich, de ehr dösigen Witzen över em maken deen un heel nipp un nau wussen, wokeen ünner de Maskeraad verstaken weer. Un al gor nich dorven de Öllern, de em ehr „Na, Wiehnachtsmann, wo geiht?" toropen deen un egens an'n leevsten seggen würrn „Na, Hein, wo geiht?", de dorven an'n wenigsten wies warrn, wat hüüt allens anners weer.
Nich de Markt, ne, de harrn se as ümmer opbuut. All de lütten Reitdack-Boden rund üm de Kark to, de in't Düüstern meist wat unheemlich utseeg. As wull de leve Herrgott nich beluert warrn, wieldat he dat Minschenwark dor vör sien Fööt sülvst beluern dee. Un denn höll he de Nees över de verdorrige Watt en lütt beten hooch in de klore Dezemberluft. Dor rüük dat na Futtjes, na Glöhwien, na Waffeln, villicht sogor na en stieven Grog – oh, dee dat nu goot! Un överall dortwüschen, dor hung so'n liese Wulk vun Dannenduft mang, de sik över allens röverleggen dee un maak, wat een egalweg an Wiehnachten denken muss. Ok he weer

171

mal lütt west, ja, ok de Wiehnachtsmann harr sik mal bannig freut op den Avend, wenn ümmer allens so hyggelig weer, as se in Däänmark seggen doot, wenn se wat heel kommodig finnt.

Man jüst nu weer em heel un deel nich kommodig tomoot. Ümmer muss he de Lüüd ankieken. Of se al wat markt harrn? Och wat, wo schullen se? Dorop kunn doch nu würklich un wohrhaftig keeneen kamen. Doch nich op den Wiehnachtsmarkt! Dor harrn se all so glöhnige Ogen, de Olen akraat so as de Jungen. Dor föhlen se al wat vun dat warme Licht, wat över jüm kamen wull in de Fierdaag. So schien em dat tominnst, ok wenn he nipp un nau wuss, dat de mehrsten sik toeerst op de Frietiet spitzen deen un villicht noch op de Gaven ünner den Boom un den smacklichen Wiehnachtsbraden. Gode Luun harrn se tominnst, düch em. All weren se an't Smuustergrienen, wenn se de Köpp tohoopstoppen un mitenanner tuscheln deen. Keken se em an dorbi? Reten se em al den Rüch op? Grienen se womöglich över em?

„Wiehnachtsmann?" De lütt fiene Stimm keem vun heel nerrn.

He keek daal an sien langen roden Mantel. Un dor, liek vör de swarten Stevel, de he hüüt Morgen noch egens wienert harr, stunn en lütte Deern. Ehr beiden Ogenporen bemöten sik, un se harr liekers heel un deel keen Bang vör em. Dat weer lang noch nich ümmer so, eerst verleden Johr harr wedder en lütte Jung anfungen to blarren, kuum, wat he em mit sien witte Boort un den sworen Sack wies worrn weer.

„Hest Du wat för mi?", pieps de Lütte an em hooch.

„Ja, dor mutt ik mal kieken", anter he un bemöh sik, de

Stimm wat deper klingen to laten. „Weerst du denn ok jümmers leev to dien Öllern?", wull he nu weten.

„Ja, meisttiets", grien de Deern, un he keem knapp dormit torecht, wat se em so stracks op Platt antern dee.

„Machst du denn ok en lütt Riemel opseggen?", fraag he nu, un as he hochkeem mit den Kopp, keek he en junge Fru merrn in't Gesicht. Dat weer woll de Modder, de strahl över beide Backen.

Un liek achter ehr stunn Dieter.

De Wiehnachtsmann verfehr sik bannig. Denn harr he den Riemel ok al vergeten, harr gor nich mitkregen, dat de Lütte noch mit „Mutt ik dat denn würklich?" protesteert harr. He lang in sien Sack un fummel een vun de Paketen rut, de Koopmann Hollweg hüüt Morgen för den Hannels- un Gewarf-Vereen dor infüllt harr.

Un denn weren Modder un Kind al afdükert, merrn in't Gewöhl vun all de vergnöögten Minschen, de nix anners in'n Kopp harrn as de Müüs lostowarrn, för wat Smackliches in'n Buuk, för en lütt Gaav, de noch fehlen dee, för en beten Spaaß alltomal.

„Ik heff di seggt, du schasst töven, bet ik alleen bin!", fohr he Dieter an, de nu an em rankeem.

„Un wo schall ik dat? Dor sünd doch ümmer welk bi di!", anter de. Un denn leet he gau wat in den Sack fallen. Dat geev keen Geknister, dat pulter nich, muss wat heel Lichtes west wesen.

„Hest du de Knipp wegsmeten?", fraag de Wiehnachtsmann.

„Kloor, wat denkst du? As ümmer."

„Goot! Seh to! En halve Stünn hebbt wi man blots noch!"

Un denn düker Dieter wedder ünner, maak de Fingers heel lang, fummel rut ut de lütten Leddertaschen, de he fix de Lüüd ut de Moorstasch trook, grabbel foorts allens rut, wat sik bruken leet, Geldschiens, Scheck- un Telefonkoorten. Dat Lüttgeld leet he binnen, un denn gau weg mit den Bewies för sien Undoon, rin in den neegsten Papeerkorf, achter en Bood sleudert oder in de Büscher an de Kark. Dat harr sik al düchtig renteert. Poor hunnert Mark weren dat woll al, grien he vör sik hen.

De Wiehnachtsmann keem nich mehr gau vörwarts. Vun all Sieden wrangeln sik nu Kinner twüschen all de Beens op em to, wullen wat ut sien Sack hebben, un he harr bannig Möög, ümmer so to grabbeln, dat em nix anners mit in de Füüst keem, wat nüms sehn dorv. Opfallen dee dat nich, he schull dat ja wat dramaatsch maken. Un wenn he denn elkeenmal so dee, as weer gor nix mehr in in den Sack, denn juuchheien de Gören man blots noch duller. Argern dee he sik blots, wenn en Modder oder en Vadder sik opreeg, wenn ehr Lütten so lang töven mussen. Weer he denn en Laden för't Sülvstbedenen? Kunn een nich tominnst to Wiehnachten wat sinniger warrn?

De halve Stünn weer rüm, dree Paketen noch in den Büdel. De drück he nu en Familie in de Füüst, de jüst vörbikeem. Se harrn noch gor nich fraagt un weren wat verbaast, as he op jüm tokeem. Man he wull blots Fieravend maken, weg hier, weg vun de Ogen, de em antogrienen schienen, as wussen se heel nipp un nau, dat he in düt Johr nich blots wat bringen dee. Nu gung dat dorüm, dat em keen Kinner mehr över den Weg lepen, de noch wat ut den Büdel wullen. De weer leddig! Un doch tämlich vull, dach he dorbi, un en warme Schudder leep em över den Rüch. He kroop achter de Bood vun den Männergesangvereen. De harrn wedder ehr Lostrummel opbuut. Dütmal sammeln se ehr Grüschens för Familie Diekmann. De weer vör twee Weken dat Huus afbrennt. Un nu seten se böös to, mit ehr dree Gören un dat een, wat noch in den Buuk vun Marlene weer. Arme Deubels, dach Hein, de Wiehnachtsmann. Un denn kreeg he gau twee Plastiktuten ut sien Jack, de he ünner den dünnen Mantel anbeholen harr, lang deep rin in den Büdel ut Lienstoff un füll de hele Herrlichkeit ut Schiens in de een Tuut un de Koorten in de anner.

„Dorrig noch mal! Dor is düchtig wat tosamenkamen", höög he sik.

Nu worr dat hööchste Tiet, dat dösige Kostüm aftoleggen. Denn eerst kunn he afhauen. He legg de Wiehnachtstuten mit de besten Geschenken för Dieter un em op dat Brett achter de Bood. Jüst reep Hans-Lorenz, de Vörsitter vun den Männergesangvereen: „Kaufen Sie ein Los, meine Damen und Herren! Sie sichern damit einer unglücklichen Familie wenigstens ein schönes Weihnachtsfest! Kaufen Sie! Tun Sie ein gutes Werk!"

Boort un Mütz harr he al in den Sack stoppt, nu noch den Gördel ut Sacktau af. Wenn he blots den doren dösigen Dubbelknütt nich maakt harr!

Do höör he miteens gor nix mehr vörn ut de Bood. Dat weer liesen worrn, as harrn se sik all verdünniseert.

Un denn: „Kiek mal!", röppt een achter de Peerdeck, mit de de Bood na achtern dichthungen is, un: „Kaam doch mal!"

Meent he Hans-Lorenz?

Un denn de Stimm vun den Vörsitter: „Dammig ja, dor hett een wat spenderen wullt un wull nich, dat wi wies warrt, wokeen dat is." Un luut bölkt he: „Dat gifft doch noch gode Minschen, miene Damen un Herren! Hier hett en minschliche Engel en helen Büdel vull Geld övergeven, un wi weet nich mal, wokeen dat weer."

Hein worr stief in't Gnick. Op dat Brett, kort vör't Rünnerfallen, leeg blots noch een Tuut, de mit de Koorten.

Un ümmer luder reep Hans-Lorenz: „Kiek doch blots, de Wiehnachtsmann weer dor!" Sien Stimm worr all wat beverig.

Un en twete Mal an düssen Dag leep den Wiehnachtsmann in't Düüstern achter de Bood en Schudder över'n Rüch. Un liekers he Dieter al vör sik seeg, mit beide Füüst an den Kopp krallt – he, de Wiehnachtsmann, föhl sik miteens so licht as al lang nich mehr. Un denn keem em dat so vör, as weer dor en groten Steen vun sien Hart rullt worrn: Nu kunn dat doch noch Wiehnachten warrn!